Doris Knecht

GUT, IHR HABT GEWONNEN

Neue Geschichten vom Leben unter Kindern

GEGRÜNDET 1999

Doris Knecht

GUT, IHR HABT GEWONNEN

Neue Geschichten vom Leben unter Kindern

Czernin Verlag, Wien

Knecht, Doris: Gut, ihr habt gewonnen – Neue Geschichten
vom Leben unter Kindern / Doris Knecht
Wien: Czernin Verlag 2008
ISBN: 978-3-7076-0274-6

Umschlaggestaltung: Ulrich Schueler
Umschlagfoto: Ingo Pertramer
Satz und Layout: Elisabeth Natz
Druck: Druckerei Theiss, A-9431 St. Stefan
ISBN: 978-3-7076-0274-6

Könnte abstürzen

Noch immer exisitieren Freunde, die unsere Urlaubsfotos nicht gesehen haben. Sie werden mit Essen angelockt und müssen dann zum Aperitif eine halbe Stunde Digidiashow in den Dominanzfarben Grün und Braun durchstehen: Alm, Alm, Kuh, Alm, glückliche Kinder vor Alm, glückliche Kinder vor Kuh, Kuh, Alm, Alm. Für gewöhnlich werden die Freunde von einem Foto von einem Foto von Toni Innauer aus ihrer Depression gerissen, aufgenommen in Innauers Heimathaus, einem Gasthof direkt an der Mittelstation der alten Bezauer Gondelbahn, die stets den Schweiß aus dem Langen löst.

Weil: Höhenangst. Die Gondel schlenkert an einem durchhängenden Seil, während in ihr Menschen zusammengepresst werden, welche dadurch nicht glücklicher werden, dass sich drei horrorfilmgestählte Teenies über die Möglichkeiten unterhalten, in Gondeln zu Tode zu kommen. Das Seil könnte reißen. Der Boden könnte rausbrechen, genau über diesen spitzen Tannen. Die herabfahrende Gondel könnte gegen die hinauffahrende Gondel prallen, aufplatzen und die Passagiere auf die Felsen schmettern. Die Gondel könnte stehenbleiben, und jemand könnte in Panik geraten und die Tür auf- und andere mit sich in den Tod reißen. Das Seil der anderen Gondel könnte reißen, durch die Scheiben dieser Gondel schlenzen und den Passagieren die Schädel abrasieren. Davon leben die Innauers; auf der Mittelstation brauchen viele erstmal einen Schnaps. Später, wenn man vom Berg wieder runterkommt, hat man Hunger und Durst und muss aufs Klo, wofür man einen Raum queren muss, in dem so gut wie alle Pokale ausgestellt sind, die Toni Innauer im Laufe seiner Schispringer-Karriere ersprang, sowie eine Reihe von Fotos, die Innauer bei der Entgegennahme dieser Pokale zeigen.

Was ist bitte das?, fragen unsere gequälten Gäste, wenn das Foto des glücklichen Innauer in einem fetten, weißgrauen Pelzpullover im Mäser-Shirt-Schnitt erscheint und dann das Foto des glücklichen Innauer, der die glückliche Annemarie Moser-Pröll im identischen fetten, weißgrauen Pelzpullover an sich presst. Wasistbittedas?? Das sind Innauer und Moser-Pröll nach ihren Siegen bei der Olympiade 1976, und mit solchen Pullovern aus ziemlich sicher ungenießbaren und eines unnatürlichen Todes verstorbenen Tieren wurde im Jahr 1976 wohl die gesamte österreichische Olympiamannschaft ausgestattet; ein Wahnsinn, bitte. Und natürlich überlegt man dann, was aus diesen vielen Pelzpullis geworden ist: Gibt's die noch? Und: Hat Innauer seinen noch? Und trägt er ihn manchmal heimlich auf nackter Haut? Sollte Innauer also noch immer vernünftige Zeitungen lesen. Ehrlich, Herr Toni, so ein Blödsinn interessiert uns.

Dabei gäbe es diese Woche selbstverständlich wichtigere Themen, weil, apropos Absturz: Baba, Frau Gehrer!, auch meine Kinder sagen tschüss. Und wer hätte geglaubt, dass Gusenbauer doch noch Kanzler wird; nicht einmal Gusenbauer. Aber dass sich nur eine große Koaliton ausgeht … Das hatten wir doch schon mal. Und das war nicht so toll.

Das geht sich schon aus

Wenn ich mir bei IKEA einen Tisch kaufe – irgendetwas aus gepresstem Abfall um 19,90 –, vermesse ich mich nicht. Der passt wie reingezimmert dorthin, wo ich ihn hinimaginiert habe. Wenn ich mir mein erstes Möbelstück maßschneidern lasse, einen schmalen Schreibtisch aus schönem Holz in einem eleganten Metallgestell, der genau in die Lücke zwischen Sofa und Wand passt, dann ist er fünf Zentimeter zu breit. Ich bin fassungslos, die Frau des Schreibtischdesigners ist fassungslos, der Schreibtischdesigner ist fassungslos, weil er nicht glauben will, wie jemand so deppert sein kann, nur in Tischplattenhöhe zu messen und nicht am Boden, wo doch jeder Trottel die Wände in Altbauten kennt, und, sind wir uns ehrlich, selbst wenn das am Boden gemessen worden wäre, ginge sich das im Leben nicht aus. Es handelt sich hier um einen eindeutigen Fall von Messversagen auf Kundenseite. Der Schreibtisch an sich ist perfekt, seine Optik leidet nur sehr darunter, dass er eher überzählig in einem Wohnzimmer herumsteht, das von einem großen Eck-Sofa, einem großen Esstisch mit sechs fetten Sesseln und meinem großen Schreibtisch bereits weitgehend zur Unbegehbarkeit verdammt ist: das Spielzeug noch nicht eingerechnet, das jeden Zentimeter der Grundflächengesamtheit unserer Wohnung knöcheltief bedeckt, ausgenommen das Spielzimmer. Das war ein Witz: das Spielzimmer auch.

Erst nachdem der Schreibtischdesigner und seine Frau mit ungesund verdrehten Augen abgezogen sind, kommt mir die Idee, und ich hole die Stichsäge und kürze das Sofa eckseitig um fünf Zentimeter.

Dabei braucht der Lange eigentlich keinen Schreibtisch. Ich brauche keinen Schreibtisch, sagte der Lange. Eh nicht, er hatte ja meinen. Aber ein Schreibtisch ist eine überaus persönliche Sache, vor allem ein derart brutal unordentlicher Schreibtisch wie meiner, ständig bringt mir der Lange meine Unordnung durcheinander, das geht so nicht weiter. Ich brauch keinen Schreibtisch, sagte der Lange, so wie er gesagt hat, dass er keinen eigenen Laptop braucht (Doch. Brauchst du. Definitiv.) und früher einmal definitiv kein so ein saublödes Schischi-Deppen-Handy gebraucht hat, wieso schenkst du mir so einen Scheiß?

Der Designerschreibtisch (der Lange: aha, schön, aber ich brauch ihn echt nicht) wird innerhalb von zwanzig Minuten unter CD-Laden-Sackerln, Zettelhaufen, alten Zeitungen, CD-Stapeln und dem Laptop des Langen samt dranmontiertem Langem faktisch unsichtbar. Jetzt fügt er sich perfekt in unser Wohnzimmer ein.

Babyschritte, immerhin

Sie haben mir doch eh nicht geglaubt, dass ich es schaffe, mich nicht mehr in Sachen einzumischen, die mich eigentlich nichts angehen (wobei „eigentlich" in einem gesamtgesellschaftlichen Kontext natürlich sowieso relativ ist), die Hofingers auch nicht, und die Kaiserin sowieso nicht. Ha ha ha, hat die Kaiserin gesagt. Die Dings hat es auch nicht geglaubt, allerdings musste ich die zurechtweisen, weil eine blöde Bemerkung über einen Vierjährigen, der noch immer nach den Brüsten seiner Mutter langt, wenn ihm das Essen wo nicht schmeckt, kein Einmischen ist, sondern deppert Reden. Das muss man bitteschön unterscheiden, und dass ich nie mehr deppert reden will, habe ich nie gesagt. Ich muss auch von etwas leben.

Geglaubt – besser: gehofft – haben es die Horwaths, die luden uns zum Essen ein, und die Vorspeise verlief reibunglos mit einer befriedigenden Konversation über den freundlichen und überaus kompetenten Herrn Manfred aus der lokalen Metzgerei, mit dem der Horwath und der Lange immer befriedigende Konversationen über steirische Mufflons und Ostschweizer Charolais-Kälber führen. Aber wenn ich beim Einkaufen an den Herrn Manfred gerate, brauche ich verlässlich gerade zwei Kilo Leberkäsbrät oder achtzig Deka gemischtes Faschiertes, und jedes Mal habe ich ein total schlechtes Gewissen, dass ich den kompetenten Herrn Manfred, der sich mit so vielen Dingen auskennt, mit so einem Mist belästige, und ich werde total nervös, vor allem, wenn hinter mir ein paar Leute anstehen, die sich unbedingt mit dem Herrn Manfred über das Beiried vom steirischen Biorind beraten müssen. Letztes Mal hat der Herr Manfred gesagt, ich soll nicht so nervös sein, so eilig hat er es ja nicht, da ist mir dann auch noch der Schweiß ausgebrochen.

Das erzählte ich, obwohl bei den Horwaths auch Dinge geschahen, die einen Kommentar erfordert hätten, aber. Dann öffnete der Horwath einen unglaublichen Brunello und servierte ein herrliches Kalbsgulasch mit Nockerln, jeder Fleischbrocken hundertprozentig vom Herrn Manfred persönlich erwählt. Dann schenkte er vom Brunello nach, und am nächsten Morgen, wie ich mit Lotte und der Kaiserin schwimmen gehe, muss ich sagen, liebe Kaiserin, danke, dass du exakt um 19.34 Uhr angerufen hast, weil das Gespräch war gerade an einem sehrsehr kritischen Punkt. Die Kaiserin sagt, lass mich raten, du hast dich in was eingemischt, was dich nichts anging, und ich hab gesagt, was heißt eingemischt, die Königsdisziplin vom Einmischen: Kindererziehung, Spezialgebiet: Wie viel soll ein Vierjähriger fernsehen, und die Kaiserin sagt: Ich. Will. Es. Nicht. Wissen. Aber Lotte sagt, sie begrüßt, dass ich jetzt zumindest den Willen zeige zu reflektieren, wie ich mich eingemischt habe, da schimmere doch ein Charakteroptimierungswunsch durch, sagt Lotte, Babyschritte zwar, sagt Lotte, aber immerhin, dreißig Längen heute?, und die Kaiserin und ich sagen, okay, los.

Die Hunnen, sagt Roger

Und jetzt schlafen die Kinder ein zur Stimme von Beth Orton, die drüben im Zimmer, in dem die Mutter sitzt und arbeitet, wieder und wieder Leonhard Cohens „Sisters of Mercy" singt, und eine schönere Art, einen langen Tag zu beenden, kann es doch gar nicht geben, oder. Und eine lange, anstrengende Woche, eine Woche, nach der ich mir sage: Es muss anders werden. Die Kinder haben zu viele Termine. Die Kinder haben zu wenig Zeit, um einfach zuhause zu sein und zu spielen und sich zu langweilen. Aber. Wir sind so viel eingeladen. Und wir sind von so netten Menschen eingeladen, wo man nicht nein sagt, wenn die sagen: Gings euch am Montag? Sondern wo man sagt, super, am Montag gings uns gut.

Am Dienstag, als ich mit Lotte und der Kaiserin vorm Palmenhaus in der Sonne sitze, radelt der Roger vorbei und bleibt stehen und trägt dabei eine sagenhaft lässige Pilotenbrille, und so eine Pilotenbrille steht jetzt nicht jedem, aber dem Roger verrückt gut. Der Roger also sagt, du, du wolltest doch einmal mit den Mimis in unserem Garten vorbeikommen, jetzt kommt doch endlich einmal. Der Roger lebt mit dem Philipp jetzt nämlich in einer Wohnung mit Garten, und so welche mit Garten schaffen es, wenn man Kinder hat, schon leichter auf die Freunde-Shortlist, das geb ich zu. Ein Haus am Land ist noch besser. Ich sag, also Roger, du weißt doch, dass das so nicht geht. Man will richtig eingeladen werden. Wir fallen doch nicht einfach irgendwo ein wie die Römer, sag ich. Die Hunnen, sagt Roger, und er versteht das, und er wird uns jetzt einmal richtig einladen, aber ob den Mimis nicht fad wird in so 'nem Erwachsenenhaushalt, und ich sag, hmm tja, wäre schon gut, ihr würdet euch vorher noch ein paar Babykatzen zulegen, und der Roger sagt, er wird das sofort mit Philipp besprechen und radelt weiter.

Wie mich am Mittwoch die Fanny anruft und sagt, wann ich sie jetzt endlich mal mit den Kindern besuchen komme, und sie hat übrigens grad sechs sausüße kleine Babykatzen, sage ich nur, obs ihr am Freitag ginge. Obwohl wir Sonntag schon bei Schreibtischdesigners (Garten, zwei kleine Kinder, saunett) eingeladen sind, Montag ist Schwimmkurs, Dienstag Geburtstagsparty vom Florentin aus dem Kindergarten, dessen Mutter (saunett) etwas eigennützig beschloss, dass ihr Sohn jetzt mal mit Mädchen befreundet ist. Mädchen verursachen auf so Partys nämlich entschieden weniger Lärm, Streit und Schmerz. Also lud sie die Mimis schriftlich zu Florentins Geburtstag ein, worauf Florentin die Mimis eine Woche vor der Party täglich persönlich auslud, um Platz für den wilden Joel und den starken Joey zu machen; nix, wir haben eine Einladung, schmecks. Und obwohl ich für Samstag schon Hofingers und Finks zum Essen und Wohnungverwüsten zu uns gebeten habe, und Nachbars (ein Kind, saunett) uns für Sonntag zum Kürbisschnitzen. Jetzt haben die Kinder schon bei der zweiten Strophe von „Sisters of Mercy“ geschnarcht.

Frische Luft wird doch eh überbewertet

Es ist doch so, sagt der Lange: Die meiste brutale Musik verliert nach einiger Zeit ihren Schrecken, schleift ihre Härten ab und verbrüdert sich irgendwann mit deinem Gehör, nur nicht Slayer und Mama Falkner. In einem Experiment, wie lange Eltern es aushalten, das pädagogisch Wertvolle über das schier Unpackbare zu stellen, legen die Kinder mal wieder ihre Hits von vor dem dritten Geburtstag auf: Sie spielen von Samstag früh bis Samstag spät ohne Unterbrechung die „63 Kinderlieder. Gesungen und gespielt von Pauline Falkner". Aufgenommen vor zehn Jahren von ihrem Buben Hans-Peter, dem Attwenger, dem Narrischen, dem Elternquäler, der die Auswirkungen seiner jugendlichen Unbedachtheit allerdings schon demnächst von seiner eigenen Zweijährigen in ihrer ganzen Gnadenlosigkeit zu spüren bekommen wird. (Mit vier, Hansi, kann sie den CD-Player dann übrigens schon ganz allein bedienen.) Mama Falkner und ihrer schönen, hohen Stimme kann man nichts vorwerfen, ja, die Anschaffung der „63 Kinderlieder" (Fischrecords / Hoanzl) muss man sogar empfehlen, jedenfalls solange man die Hegemonie über den CD-Player hat. Denn wer von den ganzen exlustigen Neoeltern kann schon singen, also singen im Gegensatz zu dem, was man früher in der Punkband gemacht hat.

Aber, selber schuld, denn da wir grad mit ansprechendem Erfolg versuchen, unsere Kinder vom Fernsehen zu entwöhnen, müssen wir ihre Erschließung alternativer Zeitvernichtungs- und Geräuschquellen wohl oder übel begrüßen. Aber sicher, ich spiele gern nochmal „Nanu?" mit euch. Und, ja, dann noch eine Runde Gemüse-Memory (stöhn), und von mir aus machen wir dann auch noch das Dinosaurier-Puzzle.

Ist übrigens nicht bald Schlafenszeit? Erst in zwei Stunden!?!? Meinerseel.

Allerdings, nochmal selber schuld, hätte man am Wochenende natürlich auch mal das Haus verlassen können. Aber die Kinder wollten nicht. Was wollt ihr? Daheim bleiben, spielen. (Jessss.) Wollt ihr nicht ein bisschen in den Wald? Nein. (Jjjjjja!) Oder in den Prater, Rad fahren, bei dem schönen Wetter? Nahein, haben wir gesagt! (Gute, gute, GUTE Kinder.) Denn das bedeutet für die Eltern die weitestmögliche Wiederherstellung des vermisstesten aller prämaternalen Zustände: Sich ganze Sams- und Sonntage nicht anziehen, in löchrigen Pyjamahosen auf dem Sofa verwittern, und, während die Kinder die Wohnung verbauen und Mutter Falkner lauschen, alle Feuilletons bis zur letzten Medienminimeldung durcharbeiten. Mal ein halbes Stündchen mützen, die perfekte Rindssuppe beim Köcheln beobachten. Frische Luft wird doch sowieso überbewertet.

Von ganz, ganz innen

Wie wir kürzlich auf diesem Kindergeburtstag eingeladen waren, kam ich neben einer Mutter zu sitzen. Nona. Wir plauderten so. Man ist ja höflich, man will ja nicht schon beim Anschnitt des Geburtstagskuchens den schlechten Eindruck hinterlassen. Den schlechten Eindruck hinterlass ich lieber später, wenn die braven Mütter schon heimgegangen sind, während man selbst gerade einmal deutlich eine Meinung formuliert, zu zu zu, ich weiß nicht: zu Elitekindergärten, zu den Koalitionsverhandlungen, zur Fischqualität in Wien, zu Müttern ohne Makel. Ja, zu Müttern ohne Makel, weil in irgendeinem Magazin hat immer gerade eine wieder ihre fleckenlose Entspanntheit hergezeigt: Ach, drei, vier Kinder, Haushalt und Beruf, das schafft man mit einem bisschen guten Willen, etwas Organisationstalent und vor allem ganz, ganz viel Liebe doch wie nix. Die zwei bis drei Kindermädchen und/oder Millionen, die der Gatte jährlich heimträgt, bleiben unerwähnt, weil die haben mit der Gelassenheit nichts zu tun, denn so eine Gelassenheit kommt von innen, wissen Sie: von ganz, ganz innen.

Aber noch plaudern wir höflich; die Mutter neben mir ist sogar derart höflich, mich zu fragen, was ich so mache. Ich sags ihr halt, und sie sagt, ach Sie sind die?, und dass sie das manchmal liest und mich, also jetzt vom Foto her, gar nicht erkannt hätte. Das ist schon o.k., aber nicht o.k. ist, dass sie dann sagt, aber, naja, auf dem Foto sei ich halt doch wohl EINIGE Jährchen jünger als jetzt. Ich zeige ein fleckenloses Gelassene-Mutter-Lächeln und sage jaja, stimmt, haha. In Wirklichkeit ist das Foto knapp zwei Jahre alt, und ich bin, ehrlich gesagt, schockiert, weil ich offenbar akkurat die Realität nicht schauen will. Dabei hat Dr. Posch, einer der

Buchhändler meines Vertrauens, kürzlich, wie er freundlicherweise mein Buch in seinem Schaufenster platzierte, auch gesagt: Da schau, ein Buch von einer Sechzehnjährigen. Lustig, Sie!

Gut, die Fotos sind etwas überbelichtet. Gut, den Winkel gibt's in der Wirklichkeit so nicht. Aber, sorry, seit wann ist es verboten, ein zart idealisiertes Selbstbild zu pflegen, und dass ich das Älterwerden die letzte Scheiße finde, habe ich bitte nie abgestritten.

Aber würde man mich dieser Tage fragen, wie alt ich bin: kein Problem. Ganz locker, genau so wie ich es in meiner AV*-Gruppe seit Monaten übe, hätte ich gesagt: Ich bin, ich bin, also ich bin … tief durchatmen … geht schon, danke. Nur einen Moment noch. H. H. H. Phhhhhh. Ich hätte also gesagt … also, also, also. Also: Hallo, mein Name ist Doris, und ich bin vierzig. Danke, ja, es tut irrsinnig gut. Aber jetzt bitte einen Papiersack, ich muss schnell hyperventilieren.

---

* Anonyme Vierzigjährige. Witz.

TFTFTFTFTF

Weil ich letztes Mal gesagt habe, ich bin ähh vierzig (sehen Sie? Es geht schon viel leichter): Gerade bin ich auf das neue NoMeansNo-Album gestoßen, das sagt dir jetzt nix, Bubi, aber Ihnen vielleicht schon, weil, eben: Die müssen doch auch schon sechzig sein, beziehungsweise, die waren doch schon an die fünfzig, wie wir 25 waren, aber nach wie vor: keine Gnade. Absolut keine Gnade. Nicht ein Mikrogramm Altersmilde. Man muss das bewundern. Ich jedenfalls bewundere das, wie diese Herren Kanadier an ihrer Jugendmaxime festgehalten haben, dass Musik sehr laut, sehr schnell und unglaublich knüppelig zu sein hat, TFTFTFTFTF, unabhängig von der Zahl der Lebensjahre ihrer Erzeuger. Mild ist man, wie ihr 2004er-Album zeigt, höchstens mit Lausern, die das sowieso nie kapieren werden. Das Cover zeigt das Foto eines krakeligen Toilettengrafitis: „How fucken old are NoMeansNo? Give it up Grandaddys!" Aber: No paseran, Buberls; und so was gefällt mir natürlich. Immer schön renitent und deppert bleiben, die Herren; auch wenn ich zugegebenermaßen auch meistens lieber Weicheier-Musik höre, also im Vergleich zum NoMeansNo-Sound jetzt. Während der Lange, wie ich letztens Damenabend hatte, draufkommen musste, dass er den Lebensabschnitt, in dem er Zombiefilme tolltolltoll fand, auch schon vor längerem verlassen hat.

An jenem Damenabend zeigten sich die Grenzen meiner Akzeptanz geriatrischer Ausnahmeerscheinungen. Wir kamen, ich weiß nicht wie schon wieder, auf eher derbere Herren und ihre Bonitäten zu sprechen, ich glaube, weil eine der Damen gerade einen solchen favorisiert. Und da sagte diese eine, das sei ja klar, weil im „Fall für zwei", da wähle man doch auch eindeutig immer, und zwar eindeutig den Matula, oder, und die anderen stimmten ihr vollinhaltlich zu.

Nur ich von null auf 180, weil erstens seids ihr komplett deppert geworden, den Typen nehm ich nicht mal, wenns der letzte Mann auf Erden ist, und zweitens, in was für einer sausausautraurigen Welt lebe ich, dass „Ein Fall für zwei" als erotische Kategorie herhalten darf, ich meine, seids ihr komplett oder was? Lasset uns wählen zwischen Jack Johnson und Jack White! Oder zwischen John Irving und Philipp Roth! Oder zwischen Tom Cruise und Clive Owen oder zwischen Markus Rogan und dem Grüffelo!, aber ich meine, welche Frau unserer Generation mit einem Mikrogramm Würde denkt auch nur daran, zwischen diesem öden Anwalt und diesem Grausproll zu wählen, also wirklich. Wirklich! Ich habe gesagt, Frauen, ich bin brutal enttäuscht von euch, brutal enttäuscht, und es tut mir leid, dafür muss ich euch Länge mal Breite durch den Dreck meiner Kolumne knüppeln, und die Kaiserin hat gegähnt und gesagt, ah ja?, weil, halloooo!, das sei ja mal was gaaaanz Neues. Ja, pah, aber diesmal keine Gnade, absolut keine Gnade.

Audi oder Subaru oder so

Der Lange zum Beispiel gehört nicht zu den letztes Mal hier bemühten Matulesken, Gott seis in jeder Hinsicht gedankt, außer im Zusammenhang mit Rohrzangen u. Ä. Der Lange hat zu den üblichen männerkonnotierten Feierabendexpressionismen eine eher kulturrelativistische Einstellung. Das Bubenmädchen hat eine Belohnung für ich weiß nicht mehr was verdient und wünscht sich einen Matchbox-Audi, der Lange geht los und kommt mit einem Matchbox-Subaru zurück. Audis habe es keine gegeben, das sei aber fast das Gleiche. Ja, insofern es auch vier Räder hat: Das Bubenmädchen natürlich plärr, und mit was, mit Recht. Sogar mir, die ich zu unserem Auto ein extrem unverspanntes Verhältnis pflege (fährt es: gut, fährt es nicht: Taxi), ist der Unterschied zwischen einem Audi und einem Subaru klar, und entschuldige, Langer, aber das kannst du echt nicht bringen. Wieso nicht, es ist eh blau. Blau?, du redest wie ein Mädchen, also wirklich. Natürlich versteht der Lange das Problem nicht, und einerseits ist das natürlich sympathisch. Aber wer besorgt jetzt den Audi? Das andererseits.

Die Kinder kultivieren momentan nämlich einen Automarkenfimmel, es ist lästig. Vor allem auf der Straße. Man marschiert dahin, denkt an was, die Kinder: Schau Mama, ein Mini! Super. Schau, Mama, noch ein Mini! Super. Schau Mama, ein Porsche! Super, und da fällt mir ein, ich sollte mal wieder Sedlacek anrufen, der hat doch … Schau Mama, ein Beämwe! Super. Vermutlich bedeutet der Automarkenfimmel irgendwas in der Art, dass sie ihre Umwelt jetzt als etwas egoextern Relevantes wahrnehmen oder sonst etwas entwicklungspsychologisch verdammt Notwendiges, aber mir macht diese Markenfixiertheit Sorgen. Nicht, dass das neu wäre: Mit eineinhalb erkannten sie den Pu-Bär, mit zwei das Disneylogo, jetzt können sie die Prestigedifferenz zwischen Audi und Subaru benennen, wir leben in modernen Zeiten.

Wie wir zum Beispiel letzten Sonntag bei den Buchwochen im Rathaus der Präsentation von Gauls Adventlieder-CD beiwohnen, fragt Gaul: Kinder, sagt mal, kennt ihr ein Weihnachtslied? Ruft der Breuss-Bub, der mit meinen Kindern vorne in der ersten Reihe sitzt: Ja, Jingle Bells!, und ich grinse Mutter Breuss neben mir an: Designed by Kinderfernsehen, was? Aber als Gaul dann „Leise rieselt der Schnee" anklimpert und wissen will, was denn das für ein Lied sei, brüllt eins meiner Kinder begeistert Jesus!, und es ist an Mutter Breuss, mich anzugrinsen. Jesus, was? Sie meint die Phase, weil der Song eben aus der jahreszeitlichen Jesus-Phase stammt, stammel ich, aber Mutter Breuss grinst ungebremst weiter und sagt, übrigens, Knechtin, wenn du versuchst, deinen Kopf einzuziehen und unterhalb deines Kragens zu verbergen, merkt jeder, dass das dein Kind ist, du erzielst damit praktisch das Gegenteil des beabsichtigten Effekts, und ich sage, bist du jetzt fertig, und die Breussin grinst: Jetzt ja.

Neues vom Kulturtechniksektor

Meine Verwinterung schreitet fort. Weil Sonntag ist, habe ich mit den Kindern Kekse gebacken (harte Sache, immer noch, und das bezieht sich nicht auf die Kekse). Rindfleisch in Rotwein und Knoblauch geschmort, für Montag, wenn die Horwaths und die Breusses nach dem Kindergarten kommen, dazu, thanks to Nathalie Pernstichs „Schummelküche"-Kochbuch, eine pipifeine Angeber-Hühnerleber-Paté, nur so als Vorspeise. Genauer: Nur so, mit etwas Weißbrot, als Nachmittagshappen zu den selbst eingelegten Balkontomaten, für die zwei Stunden, in denen die Eltern sich fürs richtige Essen warmmachen, während die Kinder ... Ich möchte noch gar nicht daran denken, was die Kinder wieder vorzeigen weden. Der Breuss-Bub geht gerade durch eine ziemlich monomanische Epoche, eins meiner Kinder regrediert bei jedem Widerstand zum Schluchz-Baby: Die Werdarfwas- und Wermitwem- und WeristderBestimmer-Aggressionen bergen für das Publikum ein ähnliches Begeisterungspotenzial wie die Koalitionsverhandlungen. Das ist es, was mit Speisen und Getränken so gut wie möglich abgefedert werden muss: Gings auch ein bisschen leiser, Kinder, wir essen gerade. Wenn ihr dann die Tür zumachen könntet ... danke.

Fürs sonntägliche Familienessen bastle ich dann noch ein paar Ravioli mit Kürbisfülle, und ich gebe zu, dass ich trotz bester Vorsätze nicht mehr die Nerven habe, die Kinder am Nudelproduktionsprozess teilhaben zu lassen, obwohl es für den Respekt vorm Nahrungsmittel verrückt wichtig wäre. (Hätten sie es selbst gemacht, hätten sie es vielleicht auch gegessen. So: Wää, mag ich nicht.) Stattdessen sitzen sie vor dem versprochenen Jim-Knopf-Video, Version Augsburger Puppenbühne, und das ist diese Woche ihr einziger

Bildschirm-Konsum. Denn wir haben mit dem Kinderfernsehen aufgehört: ganz aufgehört, bis auf einen Film am Wochenende, und damit prahle ich noch lieber herum als mit so nebenbei hingeschlenzten Hühnerleberpatés. Ach, so ein Patéchen, das macht sich doch wie von selbst, aber Kinder dem Fernsehen zu entfremden, das ist Brutalität und Elternverschleiß: Brettspiele, Kartenspiele, Teigschlachten, Vorlesen; alte Kulturtechniken aus dem prämassenmedialen Zeitalter. Funktionieren aber.

Aber, Moment: Einen Ausreißer gab es, denn Oma war aus der Provinz da, also blieben die Kinder zur Erbauung derselben dem Kindergarten fern, die arme Frau sieht die Kinder ja so selten. Mutter ging, während die Kinder glücklich mit Oma spielten und eine Märchenkassette hörten, zur Arbeit, oder jedenfalls bis runter zu ihrem Rad, wo ihr einfiel, was sie vergessen hatte, also wieder hoch, und ungeachtet der Tatsache, dass inzwischen nur drei Minuten vergangen waren, glotzten die Kinder bereits wie eine besonders dumme Tierart in den Kinderkanal. Oma klappte gerade das Bügelbrett auf. Oma schätzt die Innovationen am Kulturtechniksektor nämlich sehr.

Das Gedächtnis des Körpers

Großes, dramatisches Gehtsdirnoch, Jetzthatsdichaberkomplett plus extensives Vogelgezeige nach der letzten Kolumne. Der Freundeskreis ist genervt wegen der gestörten Kochangeberei und aufgebracht wegen meines Feldzugs gegen fernsehende Kinder; spinnst denn du, du gräbst uns doch die letzten Ruhe-Reserven ab, was soll jetzt plötzlich schlecht sein an pädagogisch wertvollem Kinder-TV. Das: dass ich pädagogisch wertvolles TV zwischenzeitlich für eine Contradictio in Adjecto halte. Und dass ich finde, es könnten ruhig wieder mal ein paar frische Mindeststandards eingezogen werden, und wenn die bitte in meiner Umgebung nicht allzu offensiv unterschritten wü… Ja, ich halt eh schon mein Maul.

Mit meiner Kocherei aber liege ich, wie mir die „Zeit“ diese Woche bestätigt, im Trend, denn „das Bürgertum“, so steht dort geschrieben, „inszeniert sich heute an seinen Herdplatten“. (So fertig bin ich, dass ich mich mittlerweile vom Begriff „Bürgertum“ erfasst fühle.) Die „Zeit“ hat ein gutes Fressen-Extra produziert, das „Süddeutsche-Magazin“ ein beängstigend schlechtes, in dem unter anderem drollige Einstellungen gepflogen werden, die der Lange und die Lebensgefährten der anderen hantigen Halbehalbe-Weiber nun gerne flugs übernehmen würden. Hier stehts, sagt der Lange und trägt mir eine Passage aus einem Interview mit einem französischen Soziologen und Koch-Fanatiker vor, der auf die Frage, wer bei ihm daheim denn nach dem Kochen den Dreck wegmache, gewissenlos mit „meine Frau“ antwortet: Denn es existiere, so der Franzose, „ein Gedächtnis des Körpers und der unbewussten Verhaltensroutine“, die es Männern noch immer und noch lange praktisch verunmögliche, das Geschirr abzuwaschen oder den Herd zu putzen. Und sie können sozusagen gar nichts dafür.

Derartiges konstatiere auch ich in meiner Bekanntschaft, leider besonders bei einzelnen Freundinnen, die sich von ihrem Körpergedächtnis noch immer mal wieder gern in die 1950er zurückbeamen lassen. Bedauerlicherweise wurde mir die Verwendung einer kürzlich erfolgten Unterhaltung über moderne Paschas und ihre baatzwaachen Frauen, in der unter anderem die Wörter ENTSCHULDIGE, ABER, DU, WIRFST, DIE, FRAUENBEWEGUNG, UM, JAHRE und ZURÜCK fielen, ausdrücklich untersagt. Dabei wärs so! so! so! exemplarisch, aber die Reserven verbliebener Freunde erlauben mir keinen allzu verschwenderischen Umgang mit Gemeinheiten und Vertragsbrüchen. Vielleicht sollte ich mich überhaupt besser einmal generell bei allen entschuldigen. Andererseits muss, wer die Utopie einer Gesellschaftsoptimierung mit radikal überarbeitetem Wertekanon vor sich herträgt, mit Gegenwind wohl rechnen … Nietzsche hatte auch nicht so viele Freunde, oder.

Haus des Schreckens

Eines der Probleme, die aus dem totalen Kinder-TV-Verzicht resultieren: Man kann den Kindern nicht mehr mit Fernsehverbot winken, wenn. Oder wenn nicht. Die Erpressung mit drohendem Privilegien-Entzug muss also substituiert werden, und mit was, mit Belohnung für wenn nicht. Oder für wenn.

Zum Beispiel könnte ein Mimi Gefallen am Rülpsen finden, und weil eine rülpsende Vierjährige im Moment putzig und überhaupt nicht wie eine Person wirkt, die das Rülpsen, kaum dass sie es perfekt beherrscht, zu einer Vollbeschäftigung macht, wird ihr von ihrer dummen Mutter beigebracht, wie sich die Sache mit ein bisschen Luftgeschlucke optimieren lässt. Natürlich bereue ich das in der Minute. Seit ich Kinder habe, bereue ich ständig, zum Beispiel, dass ich ihnen das Sprechen beigebracht habe. Jedenfalls rülpst das Kind dann den ganzen Tag, obwohl es selbst weiß, dass das umhöflich ist; dass das umhöflich ist, hat es im Kindergarten gelernt, aber es hat auch schon gelernt, dass die Regeln, die im Kindergarten gelten, nicht zwingend auch zuhause gelten müssen. Es rülpst also und rülpst in einer Frequenz, die selbst Eltern überfordert, die in ihrem früheren Leben einer Religion anhingen, in der es als normal galt, periodisch auf Bürgersteige zu schlatzen, andere Menschen rituell mit Bier zu begießen oder sich während eines Gespräches, wenn es die Situation erforderte, mal kurz über die Schulter zu übergeben. Und da ich dem Kind nicht mehr mit Fernsehverbot drohen kann und es die alternativ angebotenen schweren Prügel mit perlendem Gelächter quittiert, muss ich ihm etwas bieten, und ich biete als Rülpsersatz einen dieser seit Wochen geforderten Riesenluftballons vom Christkindlmarkt, so einen wie letztes und vorletztes Jahr, und der Vorschlag wird, nachdem sich das andere Mimi schnell eine belohnungsabhängig revidierbare Unart zugelegt hat, von beiden Kindern akzeptiert.

Wir kaufen also am Christkindlmarkt einen riesigen Tyrannosaurus Rex mit merkwürdig verdrehtem Kopf und einen riesigen Glitzer-Pegasus um insgesamt 24 Euro, vielen Dank. Es gelingt uns, die Trümmer unbeschädigt durch Bim-, Aufzug- und Wohnungstüren zu bringen, worauf sich die Kinder noch genau eine halbe Stunde dafür interessieren, worauf die Viecher tage- und wochenlang an irgendeiner Decke picken und mich erschrecken, wenn ich in der Nacht aufs Klo muss, worauf so langsam das Helium entweicht: Dann sinken sie und fangen an, mich zu verfolgen, schweben immer so herum, tauchen ständig von selbst wo auf, sind plötzlich neben einem oder lauern hinter ahnungslos geöffneten Türen. Es ist gruselig. Seit ich Kinder habe, die selbstständig Riesenluftballons erpressen können, ist mir der Advent eine Schreckenszeit. Wann immer ich mich umdrehe, ist einer hinter mir, starrt mich aus Glitzeraugen an und flüstert: Sssselber Schuld, hättesssst ihnen halt nie das Sssssprechen beibringen ssssollen. Und das Rülpsssen.

Wie man Eltern glücklich macht

Also heuer hab ich mir gedacht, machen wir doch Weihnachten einmal meine alten Eltern glücklich. Obwohls enorm unalte Eltern sind, von der Sorte energetischer Pensionisten, die selbst für das Adjektiv „rüstig“ zu übermütig sind, pro Tag dreißig Kilometer wegradeln, im Durchschnitt, bei der Schwester am Bau mithelfen und nebenbei noch die Buchhaltung vom kleinen Bruder erledigen. Trotzdem: Die Natur hat es so eingerichtet, dass am Heiligabend Eltern ihre Kinder und Großeltern ihre Enkel um sich scharen wollen, im Elektrokerzenschein, das ist Glück, oder. Also hab ich mir heuer gedacht, machen wir doch einmal meine alten Eltern glücklich, fahren wir doch einmal drei Tage früher raus, verbringen wir doch einmal den Heiligabend bei ihnen, das erste Mal seit ewig. Und sonst sind die am Heiligabend ja immer allein.

Wie ich das dem Langen mitteile, machen seine Mundwinkel naturgemäß keinen Hopser, was nicht am Verhältnis des Langen zu seinen Schwiegereltern liegt, sondern am Verhältnis des Langen zu Humanoiden aller Art. Je weniger davon um ihn sind, desto besser; am allerbesten, sie nehmen Kontakt zu ihm nur durch distantes Musizieren auf oder durch das Verfassen von Zeitungen und Literatur. Aber auch der Lange kann sichs nicht aussuchen, der Lange also: Hmm, wenn du meinst. Und, ja: Ich meine. Ich meine, das ist eine ausgezeichnete und ungemein erwachsene Idee, und der Lange sagt, na, dann, und pronto erzähl ichs den Kindern: Kinder! Weihnachten heuer bei Oma und Opa! Die Kinder: Wieso?! Ich: Ja, freut ihr euch denn nicht? Oma und Opa werden ganz glücklich sein! Die Kinder: Und die Geschenke? Ich: Bringt das Christkind zu Oma und Opa! Die Kinder: Und der Baum? Ich: Brauchen wir nicht, Oma und Opa haben eh einen riesigen, glitzernden und alles, und den Mimis spritzen die Tränen waagrecht aus den Augen. Sie schluchz wollen schluchz nicht schluchz zu Oma und schluchz Opa, sie wollen schluchz einen schluchz Baum und daheim und buhuhu. Ich putz den kleinen Scheißern die Nase und zähle 35 Gründe auf, warum Weihnachten bei Oma und Opa grad so gut ist wie zuhause, ach: besser, aber erst als ich anbiete, dass wir von. mir. aus. halt auch für Wien noch einen kleinen Baum besorgen, lassen sich die Gfraster überreden. Phhh.

Ras ich also endlich zum Telefon und wähle meine Mutter an und rufe, Mutter! Horch zu! Wir feiern Weihnachten heuer bei euch! Was! Sagst! Du! Und Mutter sagt: Hmm, äh, hmmmm, tja, hmm, schön, ph, da muss man sich dann hm halt noch überlegen, wie man das äh organisiert, aber tja, hm, also, äh, super. Zwei Minuten später nehm ich meine Pläne zurück und mache fünf Menschen glücklich, darunter zwei unalte Eltern, die, Tatsache, am Heiligabend richtig gern für sich sind, bevor der Sturm am übernächsten Tag dann sowieso über sie hereinbricht. Also wir; so billig kann Glück sein.

Da geht noch was

Das Abwasser steht, schlimm genug, und es steht, wo es nicht stehen sollte. Das Küchenabwasser steht in der Badewanne, und was sehen wir: Gestern gab es Coq au Vin mit tüchtig Petersilie, dazu Reis und grünen Salat. War gut, nur ziehe ich es vor, die Reste davon nicht in der Badewanne wiederzusehen, was ich dem Installateur am Telefon erkläre. Ich erkläre ihm nicht, noch nicht, dass ich nicht beabsichtige, die Rechnung für die Abflussreinigung vom Juli zu zahlen, ja, dass ich es ziemlich gewagt von ihm finde, diese Rechnung für die letzte Abflussreinigung überhaupt zu schicken. Aber der Installateur ist ein mutiger Mann, das konnte man schon letztes Mal an seinen kecken, neuen Strähnchen sehen, sehr hübsch an einem Kerl, der wie ein Viva-Moderator aussieht, aber der Installateur sieht aus wie Elmar Oberhauser.

Die letzte Abflussreinigung, für die der Installateur sich anschließend erlaubte, Euro 259,20 in Rechnung zu stellen (Abwasserleitung mit Motorfeder gereinigt, Verstopfung dadurch behoben, Siphone bei Abwäsche, Badewanne und Waschtisch zerlegt, gereinigt und wieder zusammengebaut), hatte zur Folge, dass der Siphon (Dichtheits- und Funktionskontrolle durchgeführt) weiter tropfte, was allerdings zugegebenermaßen nicht der Grund dafür war, dass den Nachbarn unter uns wenig später zum dritten Mal in zwei Jahren unser Abwaschwasser hektoliterweise aus dem Kronleuchter regnete, tut uns wirklich leid, wir können ehrlich nichts dafür, wir leiden ja auch. Denn im Gegenzug wurden uns auf der Suche nach dem von der Rohrreinigung zerstörten Rohr Teile der Küche rausgerissen, so wie letztes Mal Teile vom Bad.

Die Installateursmahnung mit den Worten „Es dürfte Ihrer geschätzten Aufmerksamkeit entgangen sein, dass die

Rechnung Nr. sowieso in der Höhe von 259,20 fällig ist" undsoweiter mit freundlichen Grüßen, kongruierte nun sehr genau mit jenem Zeitpunkt, an dem der gereinigte Abfluss bereits wieder so verstopft war wie der Matzleinsdorfer Gürtel an einem Montag um halb acht. Nichts geht mehr, sage ich. Er kommt gegen 14.30 Uhr sagt der Installateur. Gut, sage ich und mache mir schon einmal Sorgen um die hübschen neuen Badezimmerfliesen, hinter denen ich die Matzleinsdorfergürtelverstopfung vermute. Das wird das brutal. Das wird wieder zu unschönen Kontobewegungen führen.

Dabei hätte die Erinnerung an das Abendessen so schön sein können, denn die Kinder haben es gegessen. Beide Kinder. Keins hat gemeckert. Gut, es war ein billig, da ohne Einsatz von Gemüse erkämpfter Sieg, aber ein Sieg war es. Selbstverständlich behaupte ich über meine Kinder, was alle anderen Eltern über ihre Kinder behaupten, dass diese alles mit der gleichen Begeisterung essen, Kohlrabi, Dinkel-Müsli, rohe Austern, alles super, unsere Kinder sind ja so neugierig, weißt du. Selbstverständlich ist das von hinten bis vorne gelogen; aber das mit dem Coq au Vin stimmt.

Das stand aber nicht im Rider

In Wirklichkeit essen unsere Kinder nämlich nichts. Was viel ist, verglichen mit den anderen Kindern, die gar nichts essen. Von all den Kindern, die ihren Eltern zufolge beim Essen total unkomplizert sind und eigentlich alles essen, kenne ich keines, das angesichts eines vollen Tellers nicht so lange meckert, bis sich darauf nur noch Pommes, Würstel, Pizza oder Nudeln mit nichts befinden. Mit nichts, hab ich gesagt! Weg die grausige Soße! Mein ganzes Elternleben lang hab ich noch kein Kind gesehen, das ein von den Eltern ohne Rücksicht auf die vertraglich fixierten Cateringvorlieben collagiertes Menü widerstandslos isst, außer es wurde zuvor mit schweren Drohungen eingedeckt, die Weihnachten und alle Geburtstage bis zur Volljährigkeit einschlossen. Und nie im Leben sah ich ein Kind vor einem vollen Teller sitzen, ohne umgehend mit dem Gemüsemanagement zu beginnen: Wenn ich statt dem Lauch, den Karotten und den Brokkoli Pommes kriege, bin ich bereit, ein kleines Weah zu probieren; aber mit viel Ketchup, um das Weah vorher darin zu ersäufen. Kein Kind, das ich kenne, unterwirft sich freiwillig dem programmatischen Dikat vernünftiger Ernährung.

Letzte Woche verschmähten meine Kinder sogar die vom Horwath auf ihren ausdrücklichen Wunsch hin zubereiteten Fleischlaberl mit Püree, und ich log dem Horwath vor, dass mir der Grund dafür völlig schleierhaft sei, wo sie jetzt sonst alles, wirklich alles essen, du kannst dir gar nicht vorstellen, was die in den Ferien bei der Oma weggehabert haben, ein Wahnsinn, und der Horwath tat so, als bemerkte er meine spöroten Lügnerbacken nicht. Aber das muss er auch, denn nächste Woche essen sie bei uns, und dann wird der Horwath total überrascht sein, warum sein Bub würgend die bestellte, selbstgemachte Tomatensauce ablehnen wird, das ist doch sonst seine Lieblingsspeise, ich kann das gar nicht verstehen.

Aber es stimmt, dass meine Kinder in den Ferien gegessen haben wie ausgehungert. Und zwar deshalb, weil im Rentenplan meiner Mutter nicht viel dagegen spricht, Kindern Nutella aufs Frühstücksbrot, zu den Mittagspalatschinken und zur Abendjause zu servieren. Ich musste mein ganzes ICH!-bin-die-Mutter-dieser-Kinder-Dings auf die Familienwaage werfen, um den Einsatz von Nutella auf einmal täglich zu beschränken. Meine Mutter hat vier Kindern fast zwanzig Jahre lang täglich beim Gemüsemanagement zugeschaut, sie sieht nicht ein, warum sie sich das bei ihren Enkeln nochmal antun soll. Nicht ihr Job. Sie ist jetzt so schön ausgeglichen. Das leuchtet mir ein; nichtsdestotrotz versuche ich ihr den Unterschied zwischen Nahrung und Nutella klarzumachen, eine Korinthenkackerei, auf die man in den 1970ern eher wenig Wert gelegt hat, und meine Mutter lässt kein Verlangen erkennen, im Alter noch damit anzufangen. Von mir aus: Solange meine Kinder weiter glauben, es gebe in Wien kein Nutella, kann ich damit leben. Und sie essen ja sonst alles.

Ich oder der Eierkarton

Die Leser raten mir, die Sache mit dem Essen nicht so verbissen anzugehen; die Leserinnen auch. Ein bisschen lockerer solle ich werden, ein wenig entkrampfen. Kinder würden verblüffenderweise trotz Verstößen gegen das Fünfmal-täglich-Obst-und-Gemüse-Paradigma groß, und angesichts meines muckibepackten, 1,90-Meter großen kleinen Bruders, der bis über die Pubertät hinaus nur Nutellabrot und Nudeln mit nichts und die drei Erbsen, zu denen ihn meine Mutter resigniert zwang, zu sich nahm, muss ich dem zustimmen. Leider neige ich nicht zur Lockerheit. Auch eines meiner Kinder tut das nicht, teilt vielmehr meinen Hang zum Missionarischen und marschiert jetzt, nachdem meine Gehirnwäsche vorübergehend bei ihm verfangen hat, durch den Kindergarten und erklärt den anderen Kindern, dass sie verlässlich blöd würden, ja, die Mutter habe gesagt, man werde ganz dumm, wenn man kein Müsli und kein Gemüse und Obst isst, sie esse jetzt immer Müsli und Obst und Gemüse und werde es deshalb dereinst vermutlich als Einzige hier ins Kanasium schaffen, leiderschneider, ätschibätsch.

Das ist natürlich sehr peinlich für mich. Aber wie seine Mutter tendiert nun mal auch das Kind zur Fetischisierung von Ideen, Geisteshaltungen, Menschen und Dingen. Vorletzten Sommer trug es an der linken Hand neun Tage und neun Nächte lang einen Baumeister-Bob-Fingerhandschuh aus Polyester, was sich für das Raumklima innerhalb des Handschuhs als abträglich erwies. Bevor die Hand zu schimmeln begann, verschwand der Handschuh über Nacht auf mysteriöse Weise, und das Kind heulte ihm drei Tage lang nach. Heute erklärte dieses Kind zum akuten Fetischding eine steinalte Gummipuppe, die ihr Dasein seit Jahr und Tag minderbeachtet am

Rand der Badewanne fristete, wo sie innerlich schimmelte, graute, faulte, ich will es nicht so genau wissen: Denn nun muss die Puppe benamst, mit Sorgfalt gekleidet, den Barbies, Alessandro Del Piero und den Powerrangern vorgestellt, mit einer Schlafstatt und einem Platz bei Tische versorgt sowie Tag und Nacht gekost und umhätschelt werden, zuhause wie im Kindergarten. Das hält drei bis elf Tage an, dann entzaubert sich das Ding schlagartig und fristet bis auf weiteres ein minderbeachtetes Dasein in einer Plastikkiste, nackt, namenlos, ungehätschelt, zwischen nackten, namenlosen, ungehätschelten Barbies und Powerrangern, bis das Kind seinen Fetischstrahl wieder darauf richtet. Wenn ich das bei dem Handschuh schon gewusst hätte, wäre mir viel Kummer erspart geblieben. Diesem Kind ist Lockerheit nicht gegeben.

Wobei wir schon dankbar sind, wenn sich die romantischen Gefühle des Kindes auf Dinge richten, die ein Gesicht haben: Es kann sich durchaus auch um einen Eierkarton handeln, den das Kind zum aktuellen Liebesobjekt ausgewählt hat, und diese Liebe ist jeweils derart intensiv, dass wir uns hüten, das Kind vor die Entscheidung Wir-oder-der-Eierkarton zu stellen. Aber ich nehm das locker, ehrlich.

Tadellose Schenkentscheidung, Horwath

Der Horwath hat in seinem neuen Specksteintopf ein Kaninchen alla Cacciatore gekocht, von dem werde ich noch träumen. Mit Erbsen. Und selbstgemachten Nudeln. Die Nudeln macht der Horwath mit einem Gerät, das ich bei ihm bislang nicht gesehen habe: einer nagelneuen, zitronengelben KitchenAid, sehr schick. Sehr schick, Horwath, sag ich, neu? Hab ich der Gattin zu Weihnachten geschenkt, sagt der Horwath, und das ist interessant, denn die Gattin ist berühmt für viele volkswichtige Fähigkeiten, und die Zubereitung von Nahrung gehört nicht dazu. Schicke Küchenmaschine hast du da gekriegt, sag ich zur Horwathischen, schon einmal was damit gemacht? Nein, strahlt die Horwath, aber der Horwath! Du schenkst deiner Frau, die niemals kocht, eine Küchenmaschine?, sag ich zum Horwath. Ja, sagt der Horwath, und zwar weil: Letztes Jahr hab ich ihr Inline-Skates zu Weihnachten geschenkt, die hat sie noch kein einziges Mal benutzt, und vorletztes Jahr einen sauteuren Rock, den hat sie noch kein einziges Mal getragen, und heuer hab ich mir gedacht, schenk ich ihr doch was, das wenigstens ich brauchen kann, und sie hat ja auch was davon. Und wir auch, sag ich, und lob den Horwath sehr für seine Schenkentscheidung.

Dann essen wir glücklich das Kaninchen (die Kinder glauben, es ist Huhn, essen aber trotzdem nichts davon), und führen eine befriedigende Konversation über Wurstosmose und über die Verachtung der original bürgerlichen Kindergartenmütter, womit der Horwath, der nämlich auch ein tadelloser Bürger ist, aber vielleicht nicht so aussieht, schlecht umgehen kann. Ich finde, wir haben uns diese Verachtung jahrelang mühsam erarbeitet, wir sollten stolz darauf sein, aber der Horwath sagt, trotzdem tut er sich schwer damit. Er ist nämlich ein netter Mensch, sagt der Horwath, er ist auch nett zu den beigen Troddelslipper-Müttern, seit Jahren, sagt der Horwath, grüßt er die freundlich, und seit Jahren ignorieren die ihn, und er weiß, dass es dumme Trutschen sind, aber es deprimiert ihn trotzdem. Dann kommen der kleine Horwath und der kleine Dings mit nackten Hintern angelaufen und schwenken ihre Zipfel, und der Horwath brüllt, dass er beim Essen keine Zipfel sehen will, raus!, darüber vergisst er seine Melancholie, und wir machen noch eine Flasche Rotwein auf.

Der Horwath hat gestern ein Kaninchen alla Cacciatore gekocht, von dem werde ich noch träumen, schreib ich dem Sedlacek am nächsten Tag in ein Mail, und wie ich diese Nachmittage gern habe, mit diesen anderen Eltern, mit denen ich sehr viel früher schon gemeinsam von Barhockern fiel und mit denen ich dann gemeinsam irgendwie erwachsen wurde und die mir jetzt so tolles Essen kochen, dass ich die ganze Woche davon gerührt bin, nicht primär, weil das Essen so gut ist, sondern weil sich einer wie der Horwath so viel Mühe gibt, mich mitten unter der Woche mit einem Essen glücklich zu machen; und darauf antwortet Sedlacek nicht. Kann sein, er verstehts nicht; was ich versteh.

Kommt drauf an, was man draus macht

Bei den Finks gibt man nicht so viel auf Formen, das weiß ich zu schätzen. Wir sind zum Essen eingeladen, und Fink öffnet in gestreiften Pyjamahosen, einem Footballshirt und einem saublöden Tirolerhut, und bis auf den Tirolerhut, der irgendwann auf den Kopf von Finks Tochter wechselt, ändert sich daran den ganzen Abend nichts. Finks Aufzug konterkariert schön das Fink'sche Heim, das man sich ungefähr als Eine-Million-m^2-Loft vorstellen muss, in dem alle dreißig Meter ein Grüppchen ausgesucht schöner Möbel auf einem fantastischen Parkettboden herumsteht und so weiter; es treibt mir unschöne Neidwimmerl auf. Fink flackt auf seiner Hundert-Meter-Küchen-Lederbank hinterm Hundert-Meter-Eichentisch, während die schöne Frau Fink kocht, hervorragend übrigens. Immerhin ist die Akustik scheiße, das kalmiert mich ein wenig. Zudem knallt mir die Fink'sche immer noch eine Dose von diesem Paris-Hilton-Häppchenprosecco hin, hat sie von einem gekriegt, der sich dienstlich die Hilton-Autogrammstunde geben musste, die arme Sau. Schmeckt aber nicht übel. Das ideale Spielplatzgetränk, wenn du mich fragst, sag ich, klein, handlich, unauffällig. Ökologisch aber natürlich untragbar, darum halten wir uns im Weiteren streng an die Glasflasche.

Es ist einer dieser Abende, ähnlich, wie ich ihn letztes Mal beschrieben habe: Es wird gekocht, gesoffen, gute Musik gehört, debattiert, die Kinder sliden über den 100.000-Euro-Parkett, und eine kleine Krise, die der Lange und ich performen, wird begeistert akklamiert, jaaa!, mehr davon!, wir wollen nicht die Einzigen sein, die immer streiten! Könnt ihr haben. Da fällt mir Philipp M. ein, Ende dreißig, geschieden, ein Kind, der hat mir nach der letzten Kolumne gemailt: Weißt du, wenn du das Leben beschreibst, klingt es wie eine ganz kurzweilige Veranstaltung. Er aber habe „nichts so entsetzlich deprimierend gefunden wie die mutation fröhlicher, zwecks rettung der welt saufender junger menschen in rotwein dekantierende, tiere zu brei zerkochende, sich von schlaf, sex und lebensfreude verabschiedet habende 38-jährige frühgreise". Er habe dann nur noch die Wahl gehabt zwischen Scheidung und Alkoholismus, die Scheidung habe sich durchgesetzt.

Ich schreibe ihm zurück, dass ich im Zweifel einen milden Alkoholismus vorzöge, gerne in Verbindung mit livemusikalischen Veranstaltungen im Kreise alter Verbündeter, und dass ich ihm genau darum jetzt nicht weiterschreiben kann, denn Herb Molin wird im rhiz fünfzig, und die Thorns spielen auf, über die übrigens keineswegs, wie der „Falter" letzte Woche vermerkte, „derzeit keine Informationen vorliegen". Tatsächlich liegen über die Thorns jede Menge Informationen vor, seit zwanzig Jahren schon, einige sehr hübsche davon im „Falter"-Fotoarchiv, und andere Dornen-Informationen wurden gerade beim Finkmahl wieder referiert, aus erster Hand. Während u. a. ein vierjähriger Dornenspross sehr engagiert die miese Akustik strapazierte, und insgesamt ist das, glaub ich, alles kein Zufall.

Absolutes Sperrrgebiet

Jetzt erwische ich mich ständig beim Keppeln und schäme mich. Keppeln ist unter aufgeschlossenen Erziehungsberechtigen striktes No-No-Territorium, die moderne Erziehungsberechtigte keppelt nicht, sie kommuniziert. Sie kommuniziert mit ihrem Kind auf eine das Kind nicht überfordernde Weise. Sie sagt in kurzen klaren Worten, was sie will. Das Kind reagiert darauf, so sieht es die Pädagogik vor, aufgeschlossen und positiv, was ich so verstehe, dass das Kind tut, was ich will. Leider funktioniert es nicht. In den letzten Wochen habe ich wiederholt den Satz „Rede ich eigentlich gegen eine Wand?!" ge- ähm keppelt, genau so, wie ich ihn von meiner Mutter gekeppelt kriegte, und das ist natürlich … Absolutes Sperrgebiet ist das natürlich. Würdelos. Aber meine Kinder sind in die beunruhigende Phase getreten, in der sie über meine Schmähs nur noch bemüht grinsen (wozu hat man Kinder?? Wegen der Bedingungslosigkeit von Zuneigung und allzeit positiver Schmährezeption!! Das war nicht ausgemacht, dass das schon vor dem fünften Geburtstag vorbei ist!!) und mich, wenn ich etwas will wie Zähne putzen, aufräumen, anziehen, ins Bett gehen, einfach ignorieren, ohne ihre augenblickliche Tätigkeit auch nur zu unterbrechen. So, Zähne putzen. (…). Geht's jetzt bitte Zähne putzen. (…). Zähne putzen, hab ich gesagt, bitte. (…) RED ICH EIGENTLICH MIT EINER WAND?!! ZÄ! NÄ! PU!TZEN! UND ZWAR DALLI! Sie hören mir nicht mehr zu, obzwar ich, der Lange bestätigt das, nicht zu den Müttern gehöre, die ihren Kindern ununterbrochen die Ohren vollquatschen, so dass die Kinder ihren Empfang verständlicherweise irgendwann auf lautlos stellen. Nein, wenn ich etwas sage, ist es von natürlicher Relevanz, nichtsdestotrotz scheißen meine Kinder komplett darauf.

Diejenigen meiner Freunde, die keine Kinder haben, die sie ankeppeln könnten, oder die ihre Kinder schon aus dem Haus gekeppelt haben, nutzen ihre Freizeit, um sich faszinierende Ticks anzueignen, welche sie mir dann beim Mittagessen im Wirtshaus vorführen. Kollegin A. hat sich auf das Kirremachen von Kellnern spezialisiert. Sie hätte gerne, sagt A. im Sapa, den im Wok gebratenen Tofu mit Gemüse und Reisnudeln, aber mit Reis statt Nudeln und ohne den Tofu, geht das? Das geht erstaunlicherweise. (Was mich an den Kerl erinnert, der kürzlich, als ich mal auflege, am DJ-Pult erscheint und sagt, so, langsam hat er genug, wenn ich jetzt nicht gleich etwas spiele, das er kennt, verlässt er das Lokal. Worauf ich, um keinen Publikumsverlust zu riskieren, schlagartig „Lets Stick Together" von Bryan Ferry in den CD-Player schiebe, worauf der Herr erneut das DJ-Pult aufsucht, um mir erbost mitzuteilen, so, es sei jetzt endgültig genug, tschüss, auf Nimmerwiedersehen.)

Während Kollegin Dusl die Unfähigkeit kultiviert, eine Konversation am Wirtshaustisch zu beginnen, bevor das Teehäferl exakt mittig auf der exakt mittig ausgerichteten Papierunterlage ausgerichtet ist, wobei der Teebeutelfaden in die Diagonale zeigen muss. Sie sei auch, sagt Dusl, nicht mehr in der Lage, mit weißem Papier zu arbeiten, weißes Papier lenke sie ab, es dominiere durch seine Weißheit allzu sehr die Atmosphäre, sie arbeite nur mehr mit gelbem Papier. Gelbes Papier sei bescheiden und zurückhaltend, gelbes Papier dränge sich nicht auf, weißes Papier dagegen. Wenn schon weißes Papier, dann streng mittig und kantig, aber sie könne ja nicht auf einem dicken Packen streng mittig platziertem Papier. Ein schönes Hobby, sage ich. Nicht wahr, sagt Dusl.

The Great Pretender

Ich hatte eine Frage an Philipp den Geschiedenen: Ist er glücklicher jetzt, nachdem er sich für die Scheidung und gegen die kleinfamiliäre Genießerspießerei entschied, die er zusehends nur noch im Zustand der Totalsomatisierung ertragen hatte? Nicht glücklicher, sagt Philipp der Geschiedene, nein, glücklicher nicht, aber das hänge damit zusammen, dass Glücklichsein für ihn keine biografische Kategorie sei. Aber sein Unglück fühle sich nun authentischer an; er könne mit seinem Unglück allein besser umgehen. Das exhibitionierte Familienglück mit all den Insignien der Einheit und Vollständigkeit habe ihn durchaus kurzfristig abzulenken vermocht, aber ständig sei er wie verkatert daraus erwacht, was nichts mit Substanz-Zufuhr zu tun gehabt habe, sondern damit, dass Familienglück auf ihn wie Fusel gewirkt und ihn deppert gemacht habe, wie aus einem Schnapstraum sei er daraus herausgeschossen, ganz ernsthaft mit Herzklopfen und dem Gefühl, dass das nicht er, Philipp, sondern ein Traum-Philipp sei in einer Traumexistenz aus Liebsein und Schönwaskochen und dem tödlichen Frust von Drei-Sterne-Hausfrauen, wenn das Soufflé zusammengepappt sei, und mit einem Preisleistungsverhältnis zu edlen Weinen. Grauenhaft, grau-en-haft!; leider sei es sein Dasein gewesen. Das habe er irgendwann abnormal gefunden, dieses wiederholte Hochschrecken aus dem wirklichen Leben. Das habe einfach nicht gestimmt, und irgendwann habe er eingesehen, dass er eben nur alleine vollständig und richtig und familiäre Vertraulichkeit nur wie einen Besuch zu ertragen in der Lage sei; einen Besuch, der zuverlässig wieder geht und ihn als Einzelnen zurücklässt. Er liebe seinen Sohn, er liebe die Zeit mit ihm, aber es komme ihm natürlich und richtig vor, dass er nicht permanent mit ihm lebe.

Merkwürdigerweise verstehe ich das. Ich finde es nicht schön, ja: bedauerlich; aber ich verstehe es. Für Philipp ist es richtig, besser: das einzig Mögliche. In diesen Fall sage ich nicht, du bist ein totaler Depp, Philipp. Ich sage: Du bist ein totaler Depp, Philipp, dass du Nirvana unplugged immer noch hörst und immer noch super findest, so ein Dreck, so ein Ausverkauf, so ein Verrat am Rock'n'Roll, immer noch, so ein Weicheier-Ausweis, Punk für Weinspezialisten und BMW-Fahrer, fährst du jetzt einen BMW, Philipp? So was kann mich echt aufregen, besonders bei einem wie dir, Philipp, der immer die messerscharfe Kante sucht, hier gut, da schlecht, dazwischen aua, und ich glaube, genau darum hat der Cobain sich umgebracht, weil das auch so einer war, und seine Vernuttung konnte der dann nur noch mit Totalsomatisierung und die dann auch nicht mehr ertragen, aber das führt jetzt vermutlich, da hat Philipp recht, zu weit. Dass du deine Familie verlassen hast, das versteh ich, Philipp, aber Nirvana unplugged, sag ich, gerade du, du, du!, aber ich glaube, Philipp der Geschiedene hört mir gar nicht mehr zu. Wegzappen: das kann er.

Jaaa, suuuuuper

Jetzt ist der Eislaufplatz endlich weg, und das ist gut, denn ich muss nicht mehr mit den Kindern eislaufen gehen, und Sie können mich nicht mehr dabei betreten, wie ich vor dem Langen knie und ihm die Schuhe zubinde. Die öffentliche Brutalfeministin als private Dienerin des Herrn, das hätte Ihnen gefallen. Trotzdem führe ich zu meiner Verteidigung an, dass ich das nicht immer mache. Tatsächlich habe ich es nur dieses einzige Mal gemacht, denn der Lange hatte Hexenschuss und litt außerordentlich, woran ich unschuldig war, aber daran, dass er jetzt immer noch Hexenschuss hat, bin ich schuld, was das Leiden des Langen verschlimmert und verlängert. Ich bin schuld, denn ich hatte ihn zum Eislaufen gezwungen, ungeachtet der Tatsache, dass er es nicht kann. Was ich tatsächlich vergessen hatte, oder verdrängt, um mir den Albtraum zu ersparen, allein mit zwei eislaufunkundigen, aber unermüdlichen Fünfjährigen eiszulaufen. Sie wissen, wie anstrengend es ist, wenn ein Kind, das nicht eislaufen kann, sich in Ihren Arm hängt. Sie haben keine Ahnung, wie ermüdend, wie schmerzhaft, wie gemein es ist, wenn es zwei tun. Es führt, wenn diese Kinder darauf bestehen, jetzt doch noch einmal aufs Eis zu dürfen, zu einer vorübergehenden Totalausblendung von längst erworbenem Wissen, einem selbstschützerischen Vergessensblitz oder so, ein von der Psychologie gewiss restlos erforschtes Phänomen. Mittlerweile weiß ich wieder, dass der Lange nicht eislaufen kann, vor allem, seit ich ihn mit dem Rücken voraus aufs Eis krachen sah. Ein unschöner Anblick, der nicht meine einzige Strafe blieb.

Apropos Strafe, Schmerz und Sport. Die Kinder machen einen Schwimmkurs, ihren zweiten schon, sie sind jetzt keine Frösche mehr, sondern Wale, und nachdem sie achtzehn

Stunden absolviert und wir 400 Euro investiert haben, saufen sie nicht mehr ab wie Felsbrocken. Für die 400 Euro saufen sie jetzt ab wie große Steine, und weil das zu unserer Verhöhnung offenbar nicht ausreicht, müssen der Lange und ich dafür abwechselnd wöchentlich mit aufgekrempelten Hosen auf Liegestühlen leiden, im köstlichen Odeur des Hallenbads. Aus der Ferne bewinken und belügen wir von Zeit zu Zeit unsere Kinder (jaaaa, super machst du das, suuuuper!), hin und wieder springen wir auf und überlegen, ob wir lossprinten und ins Wasser hechten sollen, um das Kind zu retten, das da grad relativ unbemerkt absäuft wie ein Stein. Immerhin hat sich der Umgang mit den Kindern nach einer kleinen Intervention meinerseits stark gebessert; u. a. weiß eine der Kotrainierinnen seit der fünfzehnten Trainingsstunde, dass „der Kleine da, der immer heult“ (eine glatte Unterstellung), ein Mädchen ist, das gerne Bubenbadehosen, aber auch eindeutig einen Mädchennamen trägt, was man wüsste, wenn es einen stark genug interessierte, dass man das Kind danach fragte. Insgesamt bin ich mir ein wenig unsicher, ob die 400 Euro gut investiert waren.

Wir haben noch was vor

Seit sie den Limmatquai für den Autoverkehr gesperrt haben, hat sich das Schanigartenaufkommen in Zürich schlagartig vervielfacht. Wenngleich der Zwinglianer sich ungern bei untätiger Herumsitzerei an der frischen Luft ertappen lässt, das hält der Zwinglianer für eine Sünde, auf die im Zwinglianerpurgatorium verschärftes Aua steht, weshalb in den Zürcher Schanigärten praktisch nur Zürcher mit Migrationshintergrund und Touristen sitzen. Der Zürcher verbirgt eventuelle Fauhlheit hinter Vorhängen und Koniferen. Zum Glück verfügen die meisten meiner Zürcher Freunde über einen Migrationshintergrund oder einen Hang zur Touristerei im Heimatland, denn als ich an einem Donnerstagnachmittag um 16.30 Uhr bei Carmen eintreffe, findet Carmen, dass man zur Feier des Tages jetzt sofort mit einem Wodka Tonic anstoßen müsse, zuerst mit einem steifen, dann mit einem freundlichen, weil wir haben noch was Wichtiges vor. Wir müssen zur Premiere von Haemmerlis Film, und das ist nicht nur wichtig, weil Haemmerli, wie die anhänglicheren unter meinen Leserinnen wissen, mein Freund und Carmens Liebster ist, sondern weil der Film, wie ich anhand des Trailers (www.messiemother.com/film) bereits ahnte und ein paar Stunden später bestätigt bekomme, wirklich, wirklich gut geworden ist. Wirklich gut.

Was erst nur als Videodokumentation gedacht war, ist jetzt ein Kinofilm mit dem Titel „Sieben Mulden und eine Leiche" und handelt von Haemmerlis Mutter und wie sie vor zwei Jahren, als Haemmerli eben in aller Form vierzig werden wollte (ich hatte ihm dafür schon einen sehr lauten und dann sehr unpassenden Wiener-Werkstätten-Herren-Kimono gekauft), tot in ihrer Wohnung gefunden wurde, wo sie nach einem plötzlichen Herzstillstand eine Woche auf der eingeschalteten

Fußbodenheizung gelegen hatte. Davor lebt sie viele Jahre in einer unfassbaren Müllhalde, wovon ihre beiden Söhne, die die Müllhalde dann einen Monat lang zehn bis vierzehn Stunden täglich wegräumten, nichts geahnt hatten. Jahrelang hatte die Mutter stets plausible Gründe dafür gefunden, warum Essen mit den Söhnen auswärts stattzufinden hatten und wieso sie immer schon adrett zurechtgemacht vor der Tür auf diese wartete. Und Haemmerli, der, seit ich ihn kenne, immer eine Videokamera auf sich trägt, um sie bevorzugt in beschämenden Momenten in Betrieb zu nehmen, tat das ab dem Moment, als er mit seinem Bruder das Polizei-Siegel abriss. Und er tat es, als sie endlich einen Reinigungsdienst fanden, der bereit war, das, was von seiner Mutter noch auf den Fliesen klebte, mit einem großen Messer abzukratzen. Er filmte das Chaos, und er filmte, wie er es mit seinem Bruder abtrug, wobei sie, kein Zufall, auf jede Menge Fotos und Super-8-Filme stießen, denn auch die Mutter hatte gern eine Kamera zwischen sich und ihr Leben und ihre Kinder gehalten, und die Großmutter auch schon, und so wurde Haemmerlis Film nicht nur ein Film über seine Familie, sondern vor allem darüber, was von einem Leben übrig bleibt, wenn es vorbei ist. Es ist faszinierend und deprimierend und überraschenderweise auch ziemlich heiter.

Nach dem Film wurden weitere steife Wodka Tonics gereicht (scheint sich um das aktuelle Zürcher It-Getränk zu handeln), und später verpasste ich, wie Dieter Meier tanzte, weil ich bis vier Uhr früh auf einem Sofa hockte, wo sich stets neue, erschöpfte Gesellschaft drängelte und an dem Haemmerli ständig mit weiteren Wodka Tonics vorbeitänzelte. Und als am nächsten Morgen um sieben mein Handy piepte, weil mir der Lange etwas über das Rohreverlegen in unserer Küche berichten wollte, das dem Langen gerade alle Lebensfreude austreibt, hörte ich es gar nicht.

Das Leben der Unteren

Drei Jahre wohnen wir jetzt in dieser Wohnung, vier Mal hatten die Nachbarn das Wasser in der Decke. Jedes Mal, wenn bei uns ein Abfluss gereinigt wird, klingelt es anderntags an unserer Wohnungstür, vor der dann die Nachbarin aus dem vierten Stock steht und sagt, Entschuldigung, sie stört uns ungern, aber es tropft ihr wieder von der Decke, haben wir vielleicht? Ja, wir haben, beziehungsweise nein, wir haben nicht, Fritz Schiller hat, der Installateur mit den Strähnchen. Denn wir greifen hier schon lang kein Rohr mehr an, wenn etwas mit einem Rohr ist, rufen wie die Hausverwaltung an, die schickt den Schiller, der schaut und dann wo stemmt und die viel zu dünnen Rohre richtet, die ein Vormieter, der dafür kein Talent hatte, selbst in Wände und Böden verlegt hat. Was auch die interessante Terrassierung unserer Wohnung erklärt.

Nachdem letztes Mal das Küchenabwasser in der Badewanne stand, kam der Schiller und machte mit Druckluft etwas, das dazu führte, dass das Smegama, das innen in so einem Abflussrohr pickt, an der frisch gestrichenen Decke von dem neuen Badezimmer landete, das wir bekamen, nachdem der Schiller auf der Suche nach einem Leck das alte Bad ungefähr zur Hälfte weggespitzt hatte. Während ich den Dreck von der Decke kratzte, klingelte es an der Wohnungstür, es war die Nachbarin, die sagte, Entschuldigung, sie stört uns ungern, aber ihr tropft das Wasser aus der Decke, haben wir vielleicht? An sich keine Überraschung, bloß war es diesmal die Nachbarin aus dem ersten Stock. Schiller kam und schaute, dann brach ein staatlich konzessionierter Einbrecher die wohlgesicherte Wohnung des Keramiksammlers aus dem zweiten Stock auf, und siehe da, es war unser Abwasser, das irgendwie die Duschtasse des Keramiksammlers überflutet und den Boden darunter durchdrungen hatte und so weiter. Alles wurde geflickt. Bald darauf stand die Nachbarin aus dem vierten Stock an der Wohnungstür und sagte, Entschuldigung, sie stört uns ungern, aber ihr tropft die Decke, haben wir vielleicht? Aber wir hatten nicht. Wir hatten gar nichts.

Ich ging hinunter zur Nachbarin, sah mir das Deckenwasser an, und sagte: Spülmaschine. Ich kann mittlerweile einen Plan unserer Wohnung an die Decke der Nachbarn zeichnen, wie Ulrich Mühe in seinem Dachboden in „Das Leben der anderen": Dusche, Küchenabwasch, Badewanne, Spülmaschine. Schiller kam, schaute, sah, dass es unter der Badewanne feucht war, diagnostizierte, dass das neue Silikon drumrum porös sein müsse, und sagte, nein, mit der Spülmaschine habe das garantiert nichts zu tun. Wir ließen das Silikon erneuern, und tags darauf fand ich unter der Badewanne ein paar Nudeln aus der Suppe, die wir tags zuvor gegessen hatten. Wie Schiller die Spülmaschine rausschob, sagte er, na klar, den Abfluss habe der Vormieter offenbar mit Tixo in die Mauer gepickt, den müsse man neu machen, dafür müsste man nur etwa die Hälfte der Küche wegreißen. Da reichte es uns, wir riefen die Hausverwaltung an und sagten, so geht es nicht weiter: Generalsanierung. Die Hausverwaltung, der es auch reichte, sagte: in Ordnung.

Ich begab mich mit den Kindern für zehn Tage ins Elternhaus, die Küche wurde rausgerissen, der Boden wurde aufgespitzt, Fritz Schiller kam, verlegte ein tadellos dichtes Abflussrohr, der Boden wurde neu gemacht, es wurde ausgemalt, und als alles fertig war, stellte einer der Arbeiter fest, dass es ganz hinten unter der Küchenabwasch tüchtig tropft, und nachdem der Lange den Schiller am Telefon ein bisschen angebrüllt hatte, kam der Schiller, steckte seine Strähnchen in den Kasten unter der Abwasch, sah, wie es direkt neben dem neuen Abflussrohr aus dem Zufluss tüchtig tropfte, und sagte: Dass er das richten soll, hat ihm keiner gesagt. Augen auf bei der Berufswahl, sage ich, aber beim Schiller kommt das wohl zu spät.

Nur noch zwölfundachtzig Minuten

Bis drei lege ich auf und trinke Bier, um halb vier bin ich im Bett, gegen vier kann ich endlich einschlafen, um acht schickt mir der Lange die Kinder ins Zimmer, um neun fahren wir ins Waldviertel. Die ganze Fahrt hindurch stellen die Kinder hinter mir ohne Unterlass Fragen aus dem Wie-lange-wie-weit-Komplex. Mämääääää? Ja, Kinder. Müssen wir noch tausend Kilometer fahren? Nein, Kinder. Nur zweihundertzweiundzwanzig Kilometer? Oder sieben Miniarden? Mämäää, wie weit ist es noch? Etwa achtzig Kilometer, Kinder. Ist das weit, achtzig Kilometer?, wie lange dauert das?, tausend Stunden?, oder zweihundertzweiundzwanzig? Oder sieben Miniarden?, Mämääääää!, wie lange ist eine Stunde? Zweihundertzweiundzwanzig Minuten? Oder zwölfundachtzig Sekunden?, immer mit diesen glockenhellen Stimmen in der sicheren Schmerzfrequenz. Der Lange konzentriert sich stur auf den Verkehr und spielt dazu in tüchtiger Lautstärke das gesamte neue Fehlfarben-Album „Handbuch für die Welt", zwölf lange Lieder lang quäkt mir Peter Hein das Gehirn schlammig, hinten die Kinder, vorne Hein, und als wir nach eineinhalb Stunden endlich ankommen, macht der Lange mit den Kindern gleich einen Spaziergang zum Bach hinunter und rettet so sein Leben.

Das war wohl die Rache. Der Lange fand, er habe mit dem abflussgebrechensbedingten Küchenumbau genug gelitten, während ich ja am Land zehn Tage Halligalli mit den Kindern hatte. Das kann sich ein normaler Mensch nicht vorstellen, was der Lange durchmachen musste: Zehn Tage zwischen abmontierten Küchenkasterln leben, was bedeutet, dass er jeden Tag im Gasthaus oder beim Metzger riesige Fleischbrocken essen, jeden Abend bis in die Puppen ausgehen und Bier trinken und das ganze Wochenende lesend im Bett verbringen musste, und jeden Morgen wurde er nicht von den Kindern geweckt; im Prinzip des Langen Vorstellung von Leben, richtigem Leben.

Aber nicht, wenn er muss. Wenn er muss, ist es furchtbar. Jetzt wo er musste, war es kaum zu ertragen. Wir alle können uns nicht vorstellen, was der Lange gelitten hat; und als ich nach acht Stunden Zugfahrt mit den Kindern in Wien ankam, um dann fünf Stunden lang die Küche wieder einzuräumen, legte sich der Lange gleich mit einem Buch auf die Couch und hinterließ dort den unmissverständlichen Eindruck eines Mannes, der vorhat, für den Rest des Jahres in diesem Haushalt keine Hand mehr zu rühren. Der Lange fand, er habe wirklich genug getan. Es bedurfte einiger entschiedener Worte (die Kinder: Jetzt beruhigt ihr euch aber wieder!), um die Work-Life-Balance in unserer Wohnung wiederherzustellen.

Nichts gegen Peter Hein übrigens und die neue Fehlfarben-CD. Sind richtig gute Nummern drauf, von denen ich mindestens eine immer in meinem DJ-Mäppchen mitführe, dzt. „Politdisco". Prächtig. Immer das Maul aufreißen, immer beschweren, nie zufrieden, ganz mein Lebensprinzip. Hein soll ja jetzt in Wien leben, das ist gut, vor allem, wo Mark Stewart wieder weitergezogen ist. Nur seine Schuhe hat er, hört man, dagelassen, zwei Paar, Größe 52.

Second Life

Es ist ein schöner Anblick, wie der Herr Wiener Intellektuelle die Spitzhacke in die steinige Erde rammt, im Versuch, eine kleine Birke ihrer Heimaterde zu entwurzeln. Er wirkt glücklich. Die Birke steht dem Horwath in seinem Waldviertler Hof im Weg; der Herr Wiener Intellektuelle Schnitzler hat vor seinem Waldviertler Hof eine Birke zu wenig. Die Frau Wiener Intellektuelle steht dabei, gibt komplexe Anweisungen und scheucht die kleineren Kinder aus dem Schwingradius der Spitzhacke, während der größere Intellektuellen-Bub schon einmal einen perfekten Seemannsknoten an Horwaths alten 15er-Steyr seilt. Das ist unser Second Life: An Wochenenden schwingen wir gern den Spaten, rupfen Bäume aus und fahren mit dem Traktor. Nur der Lange macht unterdessen lieber Tsatsiki; ist besser so.

Anderntags weckt uns um viertel nach sechs eins der Mimis, um uns davon in Kenntnis zu setzen, dass wir beim Einschlafen anders lagen. In diesem Durcheinander könne sie nicht weiterschlafen. Ich dann auch nicht mehr; also helfe ich dem Horwath beim Aufräumen des Burghofs, den er nebenan zu seinem schon fertig renovierten Haus dazugekauft hat, und als ich zwei Steine vom Boden aufhebe, streckt mich ein brutaler Hexenschuss nieder, und ich muss minutenlang in entwürdigender Haltung vor dem Horwath kauern, bevor ich irgendwie wieder hochkomme.

Später fahren wir zu den Schnitzlers, um die Birke zu besuchen und das Schnitzler-Haus auszuspionieren, wie das Landhausbesitzer untereinander gerne tun. Was hat der, was ich nicht habe. Und wo hat der das her, weil das sind immer geheimste Spezialdistributoren, wo der das herhat, versteckt in hinterletzten Einschichten, und die gefunden zu haben, ist für den Landhausbesitzer so viel wie dem Filmschaffenden der Oscar. Kastenfenster, alte Bodenfliesen, ein von rostigem Draht zusammengehaltener Wilhelmsburger Keramikkrug, ein Salzstreuer mit Naziemblem, aber den hat der Horwath im Schutt des Burghofs gefunden. Das Schnitzler-Haus, in maximalidyllischer Hügellandschaft gelegen, ist ein Wahnsinn, und die Schnitzlerin führt ein strenges Blick-Regime: Gäste dürfen ausschließlich an jenen genau berechneten Markierungen Platz nehmen, an denen man den schönsten Blick über die sanften, grünen Hügel hat. Es ist nur etwas zugig, was ich noch bereuen werde, aber dem Horwath guttut; es erhält ihm die Liebe zum eigenen Anwesen in seiner hübschen Kuhle am Fluss. Hier oben zieht es ja immer. Und im Winter: vier Grad kälter; Minimum.

Im Horwath-Haus leg ich mich zur Hexenschussberuhigung ein wenig hin und komm dann nicht mehr hoch. Keine Chance. Ich weiß jetzt, was es heißt, vor Schmerz zu jaulen. Der Lange und die Horwaths wissen es auch; ein Notarzt muss kommen und mich mit Valium kuschspritzen. (Ich wollte Morphium, aber es war ein hartherziger Arzt.) Im Moment hänge ich an einer Infusion und tippe das hier mit dem Zeigefinger der linken Hand. Bedenken Sie das, bevor Sie wegen der Qualität dieser Kolumne herumnölen, Sie.

Live vom Thermophor

Also lieg ich am Sofa auf meinem kleinen Alte-Damen-Thermophor, Stufe zwei, manchmal Stufe drei, lese Zeitschriften und sehe fern, weil ich nach den tollen Büchern der Damen Marisha Pessl und A. M. Homes ums Verrecken nicht in die „Dorfpunks" von Rocko Schamoni reinfinde, so schnuckinger der Herr sonst auch sein mag. Ich sehe, was so kommt. Egal, was kommt. Ist nicht viel Erhebendes dabei, außer „Ellen", „Dr. House" und, darüber muss ich mich sehr wundern, „Vier Frauen und ein Todesfall". Das ist lustig, entschieden lustiger als früher, ich lache mindestens sieben Mal, ein Spitzenschnitt für eine österreichische TV-Produktion, wofür, wie ich dann recherchiere, offenkundig Rupert Henning zur Verantwortung zu ziehen ist, bzw. seine Koautorenschaft. Das erklärt alles.

Nach vier Tagen strengem Liegen, zwei Infusionen und ein paar feinen Pillen, die mir die gute Mutter Urban aus ihrer Arztpraxis vorbeigebracht hat, erlaubt mir mein Hexenschuss fast schmerzfreies Umdrehen. Und ich kann meine Socken allein anziehen, in weniger als zwölf Minuten und ohne dass wieder der Notarzt kommen und mich kuschspritzen muss, ist das nicht super.

Aufstehen tu ich dann vielleicht morgen. Aufstehen und die Kinder vom Spielplatz abholen. Hink hink. In vernünftigen Schuhen. Zum Glück wurden jetzt endgültig die Stöckelschuhe abgeschafft und in einem perfiden, als Modetrend getarnten parakommunistischen Gleichmacherakt durch schmucklose Fußhüllen ersetzt, die sich Ballerinas nennen. Alle Frauen müssen jetzt Ballerinas tragen, und alle Frauen müssen dazu Röhrenjeans tragen, egal, ob es ihnen steht oder nicht, und es steht ungefähr 87 Prozent nicht, und zu denen gehöre ich. Ich hab Stöckelschuhbeine, Schicksal, aber morgen, wenn ich

Turnschuhe oder Ballerinas tragen muss, weil mein Rücken mich sonst umbringt und meine Osteopathin mich verstößt, morgen werde ich den anderen 86,X Prozent der röhrenballerinauntauglichkeitsresistenten Frauen dankbar sein, dass ich nicht alleine hässlich bin. Überhaupt: scheiß heurige Mode. Mit der heurigen Scheißmode bin ich durch, nicht nur wegen der Mode, sondern vor allem dank des netten und verständnisvollen Herrn Stachels von meiner Bank, der mich letzte Woche einmal wieder angerufen hat. Sie, Frau Knecht. Sie ahnen wahrscheinlich, warum ich anruf. Ja, Herr Stachel, ja eh.

Drei Tage lang versorgt mich jedenfalls der Lange ohne Gemurre (das Prä-Notarzt-Gejaule wollte er eher nicht noch einmal hören) auf dem Sofa, kümmert sich um die Kinder, kümmert sich um die Lektürevollversorgung, kümmert sich ums Essen, und am Abend des vierten Tages bringt er mir sogar ein Präsent. Ein verfrühtes Muttertagsgeschenk aus dem neuen Kunstsupermarkt in der Westbahnstraße, hey, wie nett!, und wie ich es aufmache, ist es ein kleiner Linolschnitt, der ein rauchendes Schulmädchen zeigt, unter einem Graffiti: FUCK MUM. Au schön, echt total lieb, du; ich dich auch.

Ich trag jetzt eh immer Ärmel

Es ist ein bisschen wie damals beim Tätowieren: Die Frage war nicht, ob ja oder nein, sondern wo und was. Der Schurl hatte es satt, das Pecken immer nur auf toter Sauhaut zu üben, er war bereit für lebende Menschen, und ich war zufällig gerade in der Nähe. Dabei hab ich mit meinem Oberarm noch Glück gehabt, jetzt einmal im Vergleich mit dem Oberarm vom Mike oder dem Unterarm des Wiener Flex-Chefs. Bei mir hatte der Schurl das mit den verschiedenen Hautschichten schon besser heraußen, nur die Linienführung, naja, aber ich trag ja jetzt eh meistens Ärmel.

Daran erinnert mich jetzt das Gendermainstreaming meiner Tochter. Die Frage ist nicht mehr, wann der Zipfel nun endlich wächst oder warum buhuhu nicht, sondern wie und wann einer drangemacht wird. Meine völlig daherfantasierten Drastizismen, da müsse was aus dem Schenkel geschnitten und dann woanders anoperiert werden undsoweiter, verstören das Kind entgegen meiner Absicht nicht. Was getan werden muss, muss getan werden: Wie funktioniert das genau? Ich bin allerdings noch lange nicht so weit, dass ich im Internet nachschaue, wie das genau funktioniert. Ist ja noch mächtig Zeit bis dahin. Wie viel Zeit? Wievielmal schlafen? Mamaaa, wievielmal? Also, warte, ungefähr 4745 Mal, und ja, das ist mächtig viel.

Zum Glück. Das Kind soll anziehen und sein, was, und spielen, womit es will (meine Meinung. Der Lange ist über die Fußballnärrischheit des Kindes unerfreut. Dafür hat er keine Töchter gemacht, dass er jetzt im Käfig rumstehen und gegen einen Ball treten soll), aber diese Zipfelsache macht mich langsam eitzerlweise nervös. Dabei hat mittlerweile selbst meine Mutter ihren pädagogischen Leitsatz revidiert, man müsse so eine kindliche Geschlechtsverwirrung nur sorgsam ignorieren, man müsse dem Kind nur immer Mädchen-Spielzeug und Mädchen-Gewand schenken, dann würde es irgendwann von selber zu sich kommen. Schau, wie schön, Schatzi! Das Kind natürlich immer bähh. Meine Mutter immer, man dürfe das doch nicht fördern, das sei doch, also sie wolle jetzt nicht gestrig klingen, aber normal sei das wirklich nicht. Nach dreijähriger strikter Verschmähung aller Kleidchen-Präsente kam aber meine Mutter zu sich und schenkt dem Kind zum fünften Geburtstag jetzt eine fesche Bubenshort und einen Bionicle, danke.

Beruhigend ist, dass auch andere Leute merkwürdige Kinder haben. Die Schnitzlers haben zum Beispiel einen betörend merkwürdigen Buben, der mir, als ich schmerzgebeugt durch die Schnitzler'sche Superaussicht trippelte, medizinisch einwandfrei erklärte, was das ist, Hexenschuss, der unglaubliche, lebensgroße Piratenschiffe in den Garten zimmert und der gesagt haben soll, das sei das schönste Geschenk seines Lebens, als er zum Geburtstag eine Nähmaschine bekam. Zum zehnten Geburtstag, bitte. Das ist schön. Das lässt mich nur befürchten, dass frühe Merkwürdigkeit später nicht weniger wird. Und jaaaa, Mutter, ich WEISS, dass ich das selbst am besten wissen müsste.

The Arsenic Hour

Schön: Auch andere Paare streiten. Ritters zum Beispiel haben zur Geburtstagsparty ihrer Tochter geladen, und ich bin nicht wahnsinnig glücklich über die Ansage, die Party finde im Wald statt. Gut ist, dass ich tags zuvor eine engagierte Auseinandersetzung mit dem Langen hatte, in deren Verlauf der Lange so deppert wurde, dass ich etwas tat, was meinen Kindern strengstens verboten ist, und Begriffe verwendete, die gleichfalls. Allerdings führt der Zwischenfall überraschenderweise dazu, dass der Lange tags darauf Zucker ist und offenbar bereit, Buße zu tun. Also ruf ich die Ritterin an und sag: Ritterin, der Wald ist was für Väter, Mütter, sag ich, sollten derweil auf Balkonen sitzen und Alkohol missbrauchen. Wofür es übrigens in Amiland einen eigenen Begriff gibt, wie mir eine amerikanische Bekannte kürzlich erläuterte: the Arsenic Hour.

Es sei, sagte diese Delia, die Stunde am späten Nachmittag, in der Mütter, und Delia sprach von All-American-Full-Time-Müttern in All-American-Kleinstädten, ihre Kinder und ihr Leben nur noch im Zustand der Somatisiertheit ertragen können. Gut, die Ritterin und ich sind keine Full-Time-Mütter und neigen zu einem unamerikanischen Nonperfektionismus, der das Leben wesentlich vereinfacht, aber das soll kein Grund sein, etwas so schön Benamstes wie eine Arsenic Hour nicht dennoch von Zeit zu Zeit zu zelebrieren. Nicht zuletzt aus Solidarität mit der amerikanischen Hausfrau als solcher. Das alles erklär ich also der Ritter, und dass sie das doch bitte dem Ritter verklickern soll, weil Schnitzeljagden machen mich irrsinnig unrund. Die Ritterin sagt, ich hätte ja so recht, aber könnte ich das dem Ritter bitte selber sagen, weil sie kann nicht. Sie redet seit Dienstag nicht mit ihm. Dienstag, sag ich,

Respekt! Gell, sagt die Ritterin, und dass es der Ritter sehr verdient hat.

Das hätte der Lange auch, aber ich kann ja die Pappn nicht halten. Als der Lange tatsächlich mit dem Ritter und den Kindern in den Wald schnitzeljagen geht, während die Ritterin und ich am Balkon Sprudelwein trinken, bin ich sowieso versöhnt. Und bis auf ein paar SMSe des Inhalts „erste aufgabe: sie müssen bänke auf spielplatz zählen. es sind 22. dann müssen sie … die ritterin soll sich scheiden lassen“, und „um es mit thomas mann zu sagen: ich kann es nun nicht mehr“, hält sich der Lange überraschend gut.

Weil wir gerade vom Muttertag reden: Mein Ansinnen, diesen Anlass mit der verdienten Ignoranz zu belegen, wurde vom Kindergarten hinterrücks sabotiert. Die Kinder überreichten ein einigermaßen selbstgebasteltes und dennoch brauchbares Geschenk und sangen ein Lied, welches mit „Liebste Mutter“ begann und recht schnell in die Zeile mündete: „Du hasts nicht immer leicht mir mir, aber ich habs auch nicht immer leicht mit dir.“ So viel anlassunangemessene Ehrlichkeit rührt selbst eine harte Nuss wie mich.

Jetzt räum doch einmal das Auto auf

Ich könnte natürlich endlich das Auto aufräumen und seinen Inhalt protokollieren, was nur klingt, als wäre es ein leicht verdientes Kolumnengeld: In Wirklichkeit wäre es brutale Arbeit. Soll der Lange machen; das Auto ist ja eh sein Revier, und ich vermute – unter anderem, weil er das Auto unbedingt selber aufräumen WILL, dass er irgendwo zwischen dem Gerümpel im Kofferraum säckeweise Dinge versteckt, die er von Rechts wegen entsorgt haben müsste. CDs vor allem, weil ich ihm ein Limit gesetzt habe: Diese ganze Regalwand sei dein, aber mehr nicht; alles was diese Wand, die bei Gott riesig ist, überlappt, verlässt rapido die Wohnung. Tut es natürlich nicht; der Lange versteckt Sackerl voller CDs unterm Bett, hinterm Sofa, in seinem Kleiderschrank und in der Garderobe hinter den Wintermänteln. Und im Auto, wo er glaubt, dass ich sie unter all den Rollern, Kinderrädern, Schlafsäcken, Gummistiefeln, Fischernetzen, Bällen, Regenjacken, Pixi-Büchern, verschnäutzten Taschentüchern, steifen Geschirrtüchern, Sitzerhöhungen, vergessenen Kindermützen, Kinderpullis, Turnschuhen, Sonnenbrillen, Gaffertaperollen, Strohmatten, Badehosen, Wolldecken, aus dem Wald eingeschleppten Stöcken, Verbandsmaterial, alten Stadtplänen, zerfledderten Landkarten, Kaugummipapierln, Fahrradpumpen, Blasebälgen, Springseilen, Hula-Hoop-Reifen, Bob-der-Baumeister-Heftln, Princess-Dings-Heftln, feuchten Keksen, leeren Saftkartons, verstreutem Werkzeug, halbleeren Petflaschen und Nylonsäcken eh nicht entdecke. Stimmt. Allerdings trau ich mich wetten, dass sich da drunter irgendwo Säcke voller CDs verstecken. Aber wehe, ein Paar Stiefeletten hat nicht mehr im Schuhschrank Platz, da heißt es gleich. Darüber könnte ich auch schreiben.

Ich könnte meine erste erfolgreiche ebay-Ersteigerungsaktion vermelden: absolute Milimeterarbeit, Adrenalinschwupp; ich weiß nicht, ob das gut für mein Herz ist. Ich könnte berichten, wie das eine Kind schon wieder in eine absolut enervierende Babyphase zurückfällt, und wie das andere eine Diebe-Räuber-Einbrecherbesessenheit entwickelt hat, die mir auch nicht mehr wurscht ist. Ich könnte beschreiben, wie mein aktuelles inneres Ringen, ob ich dann nachher mit den Kindern ins Bad fahren (anstrengend) oder mich nur mit Mutter Breuss auf dem Spielplatz treffen soll (nicht so anstrengend), zugunsten des – Überraschung! – Spielplatzes ausgeht, worauf ich nicht stolz bin: Ich bin eine böse, selbstsüchtige Ego-Mutter; die ihren Kindern dann aus schlechtem Gewissen ein Eis kauft, was ihre Zähne ruinieren wird und ihre allgemeinen Ernährungsgepflogenheiten. Alles nur, weil ich zu faul bin, das Auto auszuräumen, um Platz für das zum Baden benötigte Sommergerümpel zu machen: Badesachen, Luftmatratzen, halb aufgeblasene Schwimmtiere, Styroporstangen, Flossen, Taucherbrillen, Schwimmbrillen, Flipflops, Sonnencreme. Das macht dann der Lange.

Darf ich vorstellen

Weil Hauen, Prügeln und Liebesentzug nicht funktioniert haben, wurde jetzt ein Belohnungssystem eingeführt, und es gibt Sternchen fürs Zimmeraufräumen und Sternchen für Probieren exotischer Gemüse wie Karfiol und Sternchen fürs Schieferziehen (wobei ich glaube, sie jagen sich die Dinger jetzt selber rein; das Schieferaufkommen stieg in den letzten Wochen eklatant) und Sternchen dafür, dass sie bei Autofahrten nicht mehr fragen, wie weit es jetzt noch ist. Wie wir jetzt aus Kroatien heimgefahren sind, gab es davon acht pro Kind, was es zu einer weisen, weitsichtigen Idee machte, dass ich die Belohnung, die es für zehn Sternchen gibt, schon lange besorgt hatte. Ich gute, vorausschauende Mutter, ich.

Wie wir daheim ankommen, ist die Belohnung nicht auffindbar, nicht am Dachboden, wo ich sie hundertprozentig versteckt habe, nicht in meiner Unterhosenlade und nicht auf einem der oberen Regalbretter, was unsere Heimkehr zu einer wenig idyllischen Angelegenheit macht. Ganz abgesehen davon, dass es in Wien kein Meer gibt und keinen Strand und nicht mehr drei Mal täglich Schleckeis, und dass der kleine Horwath und der kleine Breuss nicht bei uns wohnen, wodurch sich die Lebensqualität der Mimis ja sowieso schlagartig minimierte. Und obwohl die Mimis, nachdem sie mit Süßigkeiten und Morgen-ein-Film-Versprechungen sediert wurden, mittlerweile schlafen, hirne ich noch immer darüber nach, wo diese verdammte Belohnung hingekommen ist. Das war so ein flaches Sackerl, Langer, sage ich, ungefähr so groß, weil es sich selbstverständlich anbietet, den Langen zu verdächtigen, das Sackerl irgendwo verlegt zu haben. Hat nicht der Lange kürzlich den Dachboden aufgeräumt? Hat er. Eben. Aber der Lange kann sich natürlich an kein flaches Sackerl erinnern, und wenn er könnte, würde er es (was vermutlich der Fall ist) abstreiten, er ist ja nicht blöd.

Andererseits gab es an Geschenken in diesen Tagen keinen Mangel. Während des Kroatien-Urlaubs, den wir mit den Horwaths und den Breusses und Teilen der Urbans verbrachten, hatte erst der Lange Geburtstag, dann der kleine Horwath, dann unsere Kinder, und es gab, wie bestellt, Bionicles, Kleidchen und, auch auf ausdrücklichen Wunsch des Bubenmädchens, Puppen mit harten Bäuchen. Am Vorabend des Geburtstags beschließt der weise Elternrat allerdings, das Bubenmädchen vor Schmach und Schande zu bewahren und die Puppen lieber im engsten Familienkreis zu bescheren: Denn das Bubenmädchen wird von den anderen Buben als Bub akzeptiert, bis es mit einer Mädchensache erwischt wird, dann wird es nach Bubenart verhöhnt, verspottet, verlacht und fertiggemacht.

So geschieht es, und offiziell werden dann dem einen Kind das Röckchen und das Kleidchen, dem anderen zwei extraschiache Lego-Bionicles überreicht, die es seither Tag und Nacht in ihren Dosen mit sich trägt und wie leibliche Brüder liebt. Darf ich vorstellen: Thulox und Inika Toa Hahli Knecht. Die Puppe kam heimlich, aber auch gut an.

Zum hungrigen Carnivoren

Kommt mir auch schon wieder ewig her vor, dass ich von unserem Strand zur lokalen Konoba geschwommen bin, um einen Tisch zu reservieren: aus dem Wasser krabbeln, Bauch einziehen, über die Terrasse tropfen – dreizehn Personen, bitte – zurücktropfen, heimschwimmen. Kam gut an bei der restlichen Urlaubsgesellschaft. Brachte Boah-Punkte. Es war aber überhaupt ... also, das Beste an diesem Urlaub war: Alle Freunde, mit denen ich ihn machte, waren es hinterher immer noch. Das ist bitteschön nicht selbstverständlich und ein schönes Signal dafür, dass meine selbstgebastelten Demissbilligungs- und Ärgermanagementstrategien allmählich greifen.

Immerhin kann man in so einem Urlaub auch andere Aggressionsbewältigungsmethodiken studieren, zum Beispiel am Horwath. Die ganze Woche lacht und scherzt der Horwath. Witzelt es klein, wenn er schon wieder den ganzen Planschbedarf allein vom Strand ins Haus geschleppt hat. Tut es mit einem Grinsen ab, wenn der Lange oder der Breuss schon wieder den ganzen Tag in dem einzigen Gartenklappsessel im Schatten kleben, den der Horwath aus einem Sperrgutcontainer rettete und extra für sich mit nach Kroatien nahm. Scherzt nur darüber, dass er schon zum dritten Mal an diesem Morgen die Espressokanne gefüllt und auf den Herd gestellt, aber selber noch keinen einzigen Kaffee erwischt hat. Zuckt völlig aus, als wir ihn an einem Mittag mit gefühlten 46 Grad im Schatten vorsichtig fragen, ob es schon der richtige Tag sei, um fürs Mittagessen gebröselte Fleischstücke in schwimmendem Fett herauszubraten, zumal in knapp fünf Stunden ein Tisch für dreizehn Personen in einem Lokal reserviert ist, dessen Name übersetzt etwa „Zum hungrigen Carnivoren“ bedeutet. Da geht der Horwath ab wie ein wütendes Wespennest; das sei ihm echt komplett scheißegal, was wir davon halten, er macht jetzt seine scheißverdammten Scheißschnitzel, also Schnauze, Scheißenocheinmal, dann stampft der Horwath davon, knallt mit der Autotür, gibt Gummi, rast Fleisch besorgen, und kampfbrutzelt danach mit rotem Schädel für gut zwanzig Scheißpersonen Wiener Schnitzel, die wir ohne Murren bis zum letzten Brösel aufessen, nicht nur, weil der Horwath tadellose Schnitzerl macht, sondern weil keiner den Zorn des Horwath auf sich ziehen will. Also, nicht noch mehr davon.

Aber den Zorn haben die Horwaths offenbar im Genpool. Die können nichts dafür. Der Kleine hat das auch. Die Kinder fahren eines Abends mit den Radln die Strandstraße entlang, Richtung Eismann und Bar Neptun. Kommen sie sich ein bissl in die Quere, und den kleinen Horwath stellts auf, worauf er, bevor er auch nur seine Verletzungen inspiziert, mit Geheul versucht, sein 200-Euro-BMW-Kinderrad über die Mole zu werfen. Denn das Rad war böse und muss bestraft werden, wenn möglich, final. Für alle anderen, schuldig oder nicht, gilt bei Horwat'schen Zornungen: Meter machen. Ich schwimm schon einmal einen Tisch reservieren.

Mir ist so fad

Das Kühlste, was ich diesen Monat oder dieses Jahrtausend gesehen habe, war, wie Amy Winehouse bei den MTV Movie Awards „Rehab" vortrug. Ich glaube nicht, dass das in absehbarer Zeit zu übertreffen sein wird, auch wenn das, was Vesely über Dylans Zürcher Hallenstadion-Auftritt berichtet, auf einen schönen Lauf des Meisters schließen lässt. Gut, Amy Winehouse ist zu dünn, was in ihrem Fall aber eine maximierende Wirkung auf ihre eh schon riesige Stimme hat und ihr zudem ermöglicht, winzige, schwarze Kleider zu tragen, die ihre Millionen Peckerl prächtig zur Geltung bringen. Unten turmhohe High Heels, oben turmhohe Haare, dazwischen Tanzminimalismus und schlechte Laune, bloß nicht lächeln, könnte als Anbiederung ausgelegt werden. Zum Schluss klatscht Winehouse seitlich dreimal in die Hände, mit ihren ziemlich outen Friseurinnenfingernägelfingern, und es ist so sagenhaft lässig, dass man sich fragt: Weiß sie das? Woher weiß sie das? Hat sie das wo gesehen? Oder hat ihr das wer beigebracht, ein Choreograf, hat er gesagt, du, Amy, schau, ganz zum Schluss klatschst du dreimal in die Hände, so seitlich neben der Hüfte, das schaut endkrass cool aus, und wir machen dir vorher noch eine total oute Friseurinnenfrenchmanicüre, damit machst du sie alle platt, und sie hat gesagt, na gut, wenn du das sagst, dann mach ich das halt?

Über so Zeug hirne ich, vermutlich, um mich davon abzulenken, dass mein Kind diese Woche schon acht Mal die Worte „Ich hasse dich" sprach und sich heute schon wieder eine bessere Mutter ausgesucht hat. Ich konstatiere allerdings eine gewisse Wankelmütigkeit, denn während sie am Montag Mutter Hofinger, die gerade die Eisfach-Hegemonie hatte, als neue Erziehungsberechtigte vorstellte, war es heute Mutter

Horwath, denn Mutter Horwath war grad da, ist immer nett zu kleinen Kindern, weiß, wie man Grieskoch macht, und hat, wie das Kind weiß, eine weit freizügigere Einstellung zu elektronischen Massenmedien, was in den Augen meiner Kinder eine zwingende Voraussetzung fürs Kinderkriegen sein sollte.

Aber ich bin nun einmal der Meinung, dass Kinder nicht fernsehen sollen. Mir ist aber so fad, sagt das Kind. Das ist gut, sag ich. Denn ich bin der Meinung, dass Kinder sich unbedingt tüchtig langweilen sollen, weil fast immer kommt etwas Gutes dabei raus. Es ist ein relativ junges gesellschaftliches Prinzip, dass Kinder 24 Stunden am Tag unterhalten, beschäftigt und entlangweilt werden müssen, weshalb man sie, weil man als Eltern ja nicht ununterbrochen Karten spielen, Puzzles puzzeln und in Barbiesprache piepsen möchte, halt irgendwann vor den Fernseher setzt. Worüber gern vergessen wird, dass Langeweile keineswegs unter die Misshandlungskategorien fällt, sondern im Gegenteil. Solls ihnen fad sein, das nervt zwar, aber früher oder später machen sie was daraus. Mein Kind zum Beispiel lernt jetzt Buchstaben sinnvoll zusammenzusetzen. MIMI HASD MAMA. Bravo, Schatz, machst du toll.

Minus sechzig Punkte

Eben hab ich für mein Müsli eine Orange geschält, filetiert, kleingehackt und in den Mistkübel geschmissen. Ich war in Gedanken. Ich dachte über Schopenhauer nach, weil mich Honzo dieser Tage mit Aphorismen eindeckt, und in diesen ging es darum, dass einem beim Lesen die Arbeit des Denkens zum Großteil abgenommen werde, Lesen also eher dumm mache, womit Honzo mich zu beruhigen trachtete. Ich weiß aber, dass Honzo es nicht begrüßen wird, wie ich Schopenhauers Gedanken, wie Rainald Goetz in seinem Blog schreibt, „brutalisiert und auf die letzte Banalität runter-reduziert" habe. Das schreibt Goetz aber über die Unfähigkeit eines „Spiegel"-Redakteurs, einen komplexen Sachverhalt wiederzugeben, und das lesen Sie bitte selbst nach, sowie alles, was Goetz in den letzten Monaten geschrieben hat, und was ich jeden Tag wie süchtig einsauge, ohne dass es meine fortschreitende Verdummung aufzuhalten imstande wäre. Ich glaube aber nicht, dass es Alzheimer ist. Es liegt daran, dass, wie ich dieser Tage endlich von Ö1 bestätigt bekam, Eltern pro Kind zwanzig IQ-Punkte verlieren und pro Strandurlaub ebenfalls zwanzig, was bedeutet, dass mein IQ derzeit ungefähr der Watt-Stärke einer Energiesparlampe entspricht.

Auch die Kinder finden mich momentan, wenn auch aus anderen Gründen, eher blöd, sind aber gerade nicht anwesend, um mich daran zu erinnern, denn der Lange ist dran mit Mimis-im-Freibad-glücklich-Machen. Gestern war ich dran. Wir gehören nämlich zu den modernen Paaren, die, wie Eva Menasse unlängst im Feminismusschwerpunkt dieser Zeitung bedauerte, den „schrecklichen Fehler" begehen, ihre „Koch-, Putz- und Kinderbetreuungseinheiten" ziemlich genau abzurechnen. Und zwar, weil ich die Feststellung gemacht habe, dass es bei den meisten modernen Paaren um mich herum, die, wie Menasse fordert, „aufs Große und Ganze gesehen für Ausgleich und Gerechtigkeit“ sorgen, meistens ziemlich schnell wieder darauf hinausläuft, dass der Mann zum Jagen in die Wälder zieht und die Frau zuhause Zuhause und Brut betreut. Was dann so klingt: „Er hat jetzt diesen tollen Job und verdient endlich super, und ich lebe ja auch von dem Geld.“ Und so: „Er erträgt den Spielplatz einfach nicht.“ Und so: „Ich bin froh, dass ich eine Zeitlang nicht arbeiten muss, der Job hat mich schon so genervt.“ Und so: „Er erträgt das Freibad einfach nicht.“ Und so: „Wenn ich's selber mache, ist es doppelt so schnell erledigt, und die Kinder nervt das auch, wie ungeschickt der sich anstellt. Der soll sich ums Auto kümmern, ich mach die Kinder.“ Meine Erfahrung: Gerechtigkeit in Familien gibt's meistens nur, wenn um jeden Zentimeter Rechte und Pflichten verhandelt wird, wobei man natürlich nicht immer so lieb und locker und auf eine moderne Weise entspannt aussieht, wie man das gerne würde, sondern manchmal auf extrem unlässige Weise erbsenzählerisch. Aber bei einem IQ wie meinem ist das auch schon wurscht.

Sag es mit Binder & Krieglstein

Diesmal sind wir einen halben Tag vor den Horwaths im Landhaus der Horwaths und hallo, ist der Garten grün. Fett. Alles explodiert in Blatt, Blüte und Frucht und, schau, die Ribisel sind auch reif, sie sind so reif und süß, dass sie die Kinder freiwillig mit vollen Händen in ihre Mäuler schaufeln. Wenn die Ribisel im Garten meiner Oma selig so reif waren, pflegte meine Oma uns Kinder, und wen sie sonst erwischen konnte, mit Küberln zu behängen, und die Ribisel wurden, bevor sie die Sonne vertrocknen und die Vögel fressen konnten, abgenommen, abgebeerlt, zu Marmelade verkocht, tschüss bis nächstes Jahr. Und weil ich so eine Streberin bin und immer die Suprigste und Patenteste sein will, nehm ich mir gleich ein Küberl und brock die Ribisel, und noch ein Küberl und noch eins, und während ich meinen Rücken trotz Hexenschusswarnung nicht schone, fühle ich mich unglaublich gut: Ich bin nämlich keine von denen, die aufs Land fahren wie in eine Ausstellung, also so eine, die auf High Heels zum Rittersporn stöckelt und „herrliche Lupinien!“ kreischt. So eine bin ich nicht. Nein, ich fahre in die Natur, um Teil von ihr zu werden. Ich sehe die Arbeit, die einem Natur abverlangt, und drücke mich nicht vor ihr; so eine bin ich. Ein Küberl geht noch, und noch eins, bis in der Horwath-Küche zwei riesige Schüsseln voller Ribisel stehen und ich sehr stolz sein kann auf mich und meine unkompliziert-zupackerische Veranlagung.

Aber so bin ich halt. Als zwei Tage zuvor ein Schweizer, den ich nur grad so über gemeinsame Freunde kenne, bei uns vorbeischaute, blieb ich gelassen, als der Schweizer an der Schwelle meiner Küche sagte, dieser IKEA-Boden sei wohl schon da gewesen, als wir einzogen. Da war ich, obwohl hinter dem Schweizer in flammenden Lettern die Worte

EIN SÜDSEELAVASCHWARZ GEBEIZTER, RITTERSPORNSAMENÖLGEBÜRSTETER WURZELNUSSBODEN! DAS WÄRE COOL! NICHT SO EIN LÄRCHENBRETTERMASSAKER, DU MUTTER!! an meiner Küchenwand aufleuchteten, ganz tapfer und sagte: Nein, der Boden ist ziemlich neu, ich habs gern einfach, gefällt mir so. Und später faltete sich der Schweizer in unserer engen Stube hinter den IKEA-Tisch, und während die Kinder in Prinzen- und Prinzessinnenkostümchen um ihn tanzten, als wärs ein Familienidyll-Klischee-Slasher von Chabrol, sagte der Schweizer: Gemütlich habt ihrs hier. Also er sagte: Schön spießig habt ihrs hier, aber das sagte er nicht. Ich zeigte ihm mein glücklichstes Grinsen und sagte, danke, weil, um es in den Worten von Binder & Krieglstein zu sagen: Alles verloren.

Genau das sprach auch aus den Horwath-Augen, als er der Ribisel in seiner Küche ansichtig wurde. Weil die hätten noch gut zwei Wochen am Strauch vertragen. Und er, Horwath, hänge ja mehr dem Prinzip des Naschgartens an; er sei eigentlich nicht so turbokapitalistisch ernteverarbeitungsfixiert. Den ganzen Sonntag schämte ich mich und schwor mir, dass ich fortan nicht mehr so eine Streberin sein werde, nein; vorbei.

Die Scheißmutter schlechthin

Werden wir und wie werden wir die Pubertät überleben?, fragt der Lange, und das frage ich mich auch. Heute habe ich zum ersten Mal ein Tränchen verdrückt, weil mein Kind immer so gemein zu mir ist. Ja, peinlich; und während ich das Tränchen verdrückte, erinnerte mich mein spottsüchtiges Überich daran, wie ich mich über meine Schwester lustig machte, als sie mir erzählte, dass ihr Kind sie zum Weinen bringt. Ein Kind, haha! Das soll mir einmal kommen, das Kind! Naja, aber das Schwestern-Kind war drei, der Hass von Dreijährigen ist unkonkret, amöbig und radikal situationsabhängig, das ist ein Hass so weich, mild und süß wie Grieskoch. Und: frei von Verachtung. Diesem Hass ist noch kein Verletzungswille immanent, der schlägt noch nicht den Putz von der Wand. Aber mein Kind ist fünf, das ist ein Unterschied. Der Hass einer Fünfjährigen kann schon mehr. Der ist mehrzellig. Der hat Pfeffer. Da ist (und da fragt man sich natürlich, wie wird erst der Hass der Dreizehn-, der Sechzehnjährigen?) schon enorme Verachtung drin, in Frage stellen, Alternativen wissen, wehtun wollen.

Meine Fünfjährige fragt mich in sarkastischem Ton, ob ich mich eigentlich mehr um sie gekümmert habe, als sie noch ein Baby war. Herzlichen Dank, liebe Tochter, aber ich finde eigentlich nicht, dass Fünfjährige solche Fragen stellen sollten. Schon gar nicht Fünfjährige, die man nicht fernsehen lässt, damit sie länger Kind bleiben und nicht gleich so versaut werden von der Adoleszenz und ihren unschönen Begleiterscheinungen wie Konsumgeilheit, Selbstsucht, Gewaltbereitschaft und einem grundsätzlichen Misstrauen. Funktoniert aber offenbar nicht. Die kriegen das dann halt woanders mit. Meine Fünfjährige hat jedenfalls schon eine Ahnung davon, dass das mit dem Grundvertrauen in die Welt keine gute Idee ist, dass man sich lieber auf nichts verlassen sollte. Stimmt ja, aber ich finde nicht, dass sie das jetzt schon wissen sollte. Und ich frage mich, welche Anlässe der Lange und ich ihr geliefert haben, jetzt schon ihr Kleinkind-Vertrauen einzutauschen gegen einen frühreifen Sarkasmus, im Paket mit diesem Duuu-brauchst-mir-gar-nicht-Blick. Die weiß schon zu viel. Das kümmert mich.

Und es beunruhigt mich, wie viele Wörter diese Fünfjährige schon kennt, um auszudrücken, wie sehr sie mich hasst, dass ich die deppertste Mutter der Welt bin, die doofste Mutter, die blödeste Mutter, die mieseste Mutter, die gemeinste Mutter, die Scheißmutter schlechthin: Diese Fünfjährige hat für ihren Hass bereits ein beängstigend reichhaltiges Formulierungsrepertoire. Aber gut: Ich bin erwachsen, verfüge über einen 35-jährigen Lebenserfahrungsvorsprung, über die Gelassenheit der späten Mutter und eine Schublade voller pädagogischer Leitlinien, und ich meine, Herrgottsack, ich bin mit den Kerlen im alten Flex fertig geworden und mit denen in der „Falter"-Redaktion, und das hier ist eine fünfjährige Kindergärtlerin, ich meine … echt. Jetzt wird einmal kommuniziert.

Aber die Kindergärtlerin kommuniziert nicht, bockt, dreht sich weg, ignoriert demonstrativ, läuft weg, hält sich die Ohren zu, singt laut oder brüllt bähbähbäh und verfällt, wenn ich sie am Arm erwische, in ein herzzerreißendes Geweine, so ein Sie!-Ich-werde-hier-misshandelt-rufen-Sie-schnell-das-Jugendamt!-Geweine, das ich von den Flex-Jungs und der „Falter"-Redaktion nicht kenne, und das mich, vor allem unter den Blicken einer interventionsbereiten Öffentlichkeit, in die mieseste Schlampe verwandelt, die Scheißmutter schlechthin. Ein Muttertränchen hülfe jetzt vielleicht.

Wie das Soufflé zusammenfällt

Jetzt, wo Madonna und Al Gore die Welt gerettet haben, können wir uns wieder den wichtigen Dingen zuwenden, also meinen. Wobei, ich rette die Welt auch, ich reise mit dem Zug, was nicht alle Mitreisenden der ersten Klasse im gleichen Maße akklamierenswert finden, als sie unser ansichtig werden. Zwei kleine Kinder mit glockenhellen Stimmen und eine Mutter in fleckigen Hosen und mit einem wenig vertrauenerweckenden Mae-West-Spruch quer über der Brust: Wenn ich gut bin, bin ich gut, wenn ich schlecht bin, bin ich besser. Mehrere Passagiere springen auf, Panik im Blick, um sich dann des Umstands gewahr zu werden, dass die erste Klasse bis auf den letzten Platz besetzt ist. Was eine kurze, trügerische Hoffnung in ihnen weckt, aber ätschibätsch, wir haben drei reservierte (und, falls mir wieder wer Journalistenprivilegien unterstellen will, mit meinem selbstverdienten Geld finanzierte) Plätze. Wieder einmal wabert dick wie Pudding die Frage durch den Waggon, ob man das eigentlich darf, Kinder in der ersten Klasse mitführen, und falls ja, wann das endlich verboten wird. Aber die Mimis geben ihren Mitreisenden allen Grund, taub vor schlechtem Gewissen über ihre miesen und grundfalschen Vorurteile Kindern gegenüber in ihren Ledersitzen zu kleben, denn sie nutzen ihre Kinderprivilegien diesmal nicht aus. Sie brüllen nicht rum und laufen nicht durch die Gänge, sie singen und jodeln nicht, sie schimpfen und schmähen mich nicht.

Womit ich natürlich einen Haken in meine letzte Kolumne schlage, in der eine meiner Mimis mich von Herzen hassen gelernt hatte und diese neue Fähigkeit im Rahmen ihrer Möglichkeiten kultivierte. Diese Phase ist fürs Erste wieder vorbei, und das sage ich nicht nur deshalb, damit ich keine Mails von

Familientherapeuten mehr bekomme, die meinem Kind und mir professionelle Hilfe anbieten. „Sehr geehrte Frau Knecht, ich bedaure die Schwierigkeiten, die Sie offenkundig mit Ihrer Mutterrolle haben“, schreibt mir ein Mag. Dr. D. „Da Sie diese mit großem Erfolg der öffentlichen Anteilnahme anheimstellen, nehme ich an, dass die Artikel für viele Mütter eine Art Ventilfunktion haben. Das ist nicht schlecht, aber das Thema Mutter-/Elternschaft (parenting), das in anderen Ländern einen viel höheren Stellenwert hat als bei uns, verdient wesentlich ernster genommen zu werden. Von einem familientherapeutischen Coaching könnten Sie persönlich, Ihre Familie, Ihre Artikel und viele andere profitieren. Sie könnten von der erfolgreichsten Klägerin zum Thema Mütterleid zur Anwältin einer Bewegung für gelingende Elternschaft und gesundes Familienleben werden, in dessen Zentrum das Wohl der Kinder steht. (…) Mit freundlichen Grüßen, Mag. Dr. D.“

Danke, Mag. Dr. D., das könnte ich. Die Sache ist aber so: Kolumnen über perfekt gesunde Familien mit problemlosen, einwandfrei parenteten Kindern interessieren keine Sau. Jedenfalls nicht von mir. Würde mir keiner glauben. Die Leute wollen sehen, wie mir, genau wie ihnen selbst, das Soufflé auch einmal zusammenfällt, nicht wie es mir perfekt gelingt.

„Es war noch nicht üblich, sich im alltäglichen Sprachgebrauch als ein Rätsel, eine Fallstudie oder ein Problem zu begreifen, das nur darauf wartete, gelöst zu werden“, schreibt Ian McEwan in seinem neuen, Ende des Monats auf Deutsch erscheinenden Roman „Am Strand“, der 1962 spielt. Und obwohl ich die meisten Gepflogenheiten aus 1962 nicht zurückhaben möchte, bin ich doch nicht bereit, die Tatsache, dass meine Kinder Geräusche und manchmal Probleme machen, als unerträgliche Abweichung von der Normalität zu betrachten: This one goes out to the Reisenden der ersten Klasse as well wie an die hilfsbereiten Therapeuten.

Spiel schön weiter

Eine Woche lang wurde der allgegenwärtige Vorarlberger Rasenmäher-Soundtrack von der Welt-Gymnaestrada übertönt, jetzt ist Sonntag, alles still, alle weg, enjoy the Silence. Die Gymnaestrada ist vorbei, was mir recht ist, nachdem mich die Mimis eine Woche lang gezwungen haben, jeden Nachmittag punkt vier den örtlichen Marktplatz aufzusuchen, um dort bis lange nach Sonnenuntergang internationalen Gymnastiktruppen jeglichen Alters bei der Ausübung ihres Lieblingshobbys beizuwohnen. Eh sehr schön, aber ungefähr am vierten Tag hatte ich Gwen Stefanis bei Jazzgymnastikern über die Maßen beliebtes „Wind It Up“ einmal zu oft gehört und sehnte den Sound of Rasenmäher heftig zurück. Am fünften Tag konne ich es keine Stunde länger ertragen, zwischen der Kletterluftburg und dem Kletterfelsen des Alpenvereins zu stehen, und meinen Kindern dabei zuzusehen, wie sie sich in langen Reihen anstellen, um da raufzukraxeln und dann noch einmal. Da kannst du ja nicht einmal weg, um dir ein Bier zu holen. Das dich wenigstens ein bisschen davon ablenken könnte, dass du in der Sonne stehst und UV-verstärkt brutal alterst. Du stehts nur einfach in der Sonne und alterst brutal.

Immerhin; am Abend, nachdem die Mimis von den Großeltern abgeholt und Richtung Heia expediert wurden, feine Leute von früher getroffen: Menschen, mit denen man das Gespräch über die Elektrifizierung von Bob Dylan, das man 1985 kurz unterbrochen hat, um schnell ein Bier zu holen, einen Beruf zu ergreifen und ein paar Kinder zu kriegen, einfach weiterführt, als wär nichts gewesen. Ah, du auch da. Es gibt im Leben noch stabile Parameter, danke; sehr beruhigend vor allem, dass diese Leute in der Zwischenzeit ihre Meinung nicht einfach so mir nichts, dir nichts geändert haben like a blow in the wind: Na, du, der elektrische Dylan, mit dem kannst mich jagen. Mensch, Manni, das war 1966, hör dir doch wenigstens endlich einmal „Blonde on Blonde" an. Nix!, fällt mir gar nicht ein. Ich hol mir noch ein Bier, du Pfeife, dir auch eins?

Auf der Bühne dann kein Gehampel und Gehopse mehr, sondern eine Band, die man 1985 schon in der exakt identischen Besetzung die exakt selben Nummern im exakt gleichen Arrangement spielen hat sehen. „Dust My Broom" und so. Sehen aber eigentlich alle noch gut aus, die Burschen, und mit dem Sänger würde man immer noch gern auf dem Motorrad über den Kummenberg rasen wie früher einmal. Ein Unterschied zu früher ist allerdings, dass nun zwischen den Songs vereinzelt langhaarige Teenager beiderlei Geschlechts die Bühne erklimmen und sich breitbeinig vor den Herren aufbauen, worauf diese ihre Instrumente kurz abstellen, ihre Geldbörsen präsentieren und den Langzoderten grummelnd ihre Getränke-Bons aushändigen: Aber du kaufst dir kein Bier, hab ich mich klar ausgedrückt? Ist ja guhut, Papa, jetzt spiel schön weiter.

Das hat schon was, das Leben auf dem Dorf.

Buße tun

Meine Schuld. Ich hätte das Kind einen Tag früher aus dem Wasser nehmen müssen. Oder zwei. Zu meiner Verteidigung muss ich daran erinnern, dass es bis zu 39 Grad im Schatten hatte, und möchte zugleich anführen, dass die Nachbarn in V. gern mit den Mimis ihren Zwölf-Meter-Pool teilten, welchen die Mimis wiederum jederzeit gern gegen ihre Mutter eintauschen würden. Und dass die Mimis nach drei Kursen und 600 facking Euro endlich schwimmen können. Und tauchen. Und köpfeln. Da fragt man nicht nach, ob das Ohr, das gestern Abend beim Schlafengehen ein bissi wehgetan hat, heute vielleicht auch noch ein bissi wehtut. Würde es im Zweifelsfall eh nicht; so gescheit sind die Kinder schon, dass sie sich der Konsequenzen falscher Antworten auf Fangfragen gewärtig sind. Wenn das Kind also nix sagt … Viel Spaß beim Planschen. Als wir wieder in Wien sind, hat auch Kind B Ohrenweh, und Kind A quillt der Eiter aus dem Ohr wie die Schokolade aus Horwaths warmen Schokotörtchen. Meine Schuld.

Zur Strafe können wir nicht auf die Grill- und Übernachtungsparty bei Breusses in ihrem geborgten Sommerhaus am Badeteich. Ersatzweise dünsten wir bei 46 Grad oben in unserer südseitigen Dachbude und spielen im Schein von Glühlampen Uno, weil ich in Ermangelung von Fensterläden oder Rollos oder irgendwas die Fenster mit alten Luftmatratzen gegen die gelbe Sau, © PeterLicht, dichttackern musste. Baden ist nicht, rausgehen nicht: Das eitrige Kind bekommt jetzt Antibiotika und darf nicht in die Sonne, und an so einem Tag erhöht sich der vertraglich gesicherte Anspruch, den die Mimis auf ein Samstagsvideo haben, automatisch auf zwei bis drei, weil die Eltern sich ja auch irgendwann auf den Fußboden werfen und ächzen müssen. Ächz schmächz.

Und sich die Schuld aus der Brust hämmern, die allerdings rapide abnimmt infolge einer großzügigen Absolution durch die Teletubbies, denn über diesen Zweijährigen-Irrsinn hauen sich meine Fünfjährigen derzeit wieder bevorzugt ab. Was einem einerseits natürlich den Hintern aus der Hose nervt. Andererseits zeigt es, dass das mittlerweile einjährige TV-Verbot bei den Mimis zu einer begrüßenswerten massenmedialen Degeneration geführt hat, wenn sie sich über derartige Harmlosigkeiten immer noch quer übern Acker lachen können. Plus ich hab einen iPod und Kopfhörer, dicke, fette Kopfhörer hab ich, kleb ich also an der Lärche, hör ich Feist (ausschließlich „In The Park", was möglicherweise der schönste Song dieses Jahrzehnts ist), hör ich Clara Luzia und Mose, hör ich „Easy Tiger" von Ryan Adams, was mir nicht sonderlich gefällt, aber meine Erfahrung mit Ryan Adams ist, dass es mir nie sonderlich gefällt und ungefähr beim neunten Durchlauf die rechte Gehirnhälfte gegen die Schädeldecke knallt, so Sponge-Bob-mäßig, ploiiiingggggg. Die Kinder wollen jetzt die sauspannenden Abenteuer der Familie Petz sehen. Aber ja, Kinder. Und Sie, Herr Adams: Einmal gehts noch.

Die Nummer eins vom Wienerwald

Die Kinder sind ein paar Tage nicht da, Oma hat sie mitgenommen, und das hab ich weniger gern, als man mir zumuten würde. Ich hab es gar nicht gern. Ich hab die Kinder lieber um mich und in meiner Nähe, gut, wenn möglich: spielend, Bücher studierend, CDs hörend, zeichnend, malend, bastelnd, schlafend, ich bin eine Saumutter, die momentan am liebsten immer nur beim Richard Ford weiterlesen möchte. Aber kaum sind die Kinder nicht da, kann ich beim Richard Ford nicht weiterlesen, weil ich immer an die Kinder denke, und dass es mir lieber wäre, wenn sie da wären, in meiner Nähe, um mich herum, Matchbox-Autos neben dem Sofa herumschieben würden, süßes, gedämpftes Kindergeschnurre von sich gäben, behutsam Kuscheltiere über die Dielen hopsen ließen, ihnen Namen gäben wie Millililli Fitzikuhli und Hans Schneider, Häuser aus Wolldecken und Stühlen bauten und ihre Dreiräder darin parkten, während ich über ihnen wie schwebte und mit Sonne im Herzen glücklich meinen Ford weiterläse. Was ich im Realitätsfall nicht könnte, weil sie in Wirklichkeit alle zwei Minuten Durst hätten oder ein Eis wollten oder fääääääärtiiiiig wären oder dieses bestimmte Tuch aus dem obersten Regal bräuchten oder sich den Kopf stießen und getröstet und mit einem Cool Pack geheilt werden müssten oder das Deckenhaus mit dem Dreirad zu Wolle gefahren hätten oder ein Äutile nicht fänden oder darum stritten oder was zeigen müssten oder was zeigen müssten oder was zeigen müssten: Mamäää, schau!, schau mal, Mamäää, jetzt schau doch her, Mamäää!

Denn egal wie viele Personen sich im Raum befinden, das können zwei sein oder vier, oder es könnte zwei oder vier Mal der Lange sein, es ist immer Mamäää, die sich um diese Dinge kümmern und schauen, schauen, schauen muss, während die vier Langen ihre Zeitungen ungestört weiterläsen, über allem schwebend, mit so viel Sonne im Herzen, wie die Langen in ihrer gottgegebenen Misanthropie gerade noch ertrügen. Mamääää! Das ist einerseits eine Ehre, weil man natürlich in jedermanns Leben gerne die Nummer eins vom Wienerwald ist, die Blume aus dem Gemeindebau, die, nach der man sich verzehrt, die, der man als Erstes von dieser schönen Sache erzählt, und die man als Letztes sehen will, bevor man die Augen schließt, aber im wahren Leben ist das Dasein als Number One of the Universe meistens mit den Beschwerlichkeiten der Maternität verbunden. Und wehe, du schaust nicht gleich, kriegst du gleich so was zu hören: Ich hab übrigens den Papa lieber als dich, ich möchte, dass ich ihr euch trennt. Kein Scheiß. Woher sie so ein Glump nur immer haben.

Woher ich den Ausdruck „die gelbe Sau“ habe – ich fand: PeterLicht –, korrigierte jetzt Leserin Stefanie K. Das sei nämlich, behauptet die, von Projekt X, und das ist mir im Prinzip wurscht, weil das Projekt X ist grad so super. Die gelbe Sau also: © Projekt X.

Und das war das. Und das ist von Ford.

Schnäppchenjäger, grausliche

Jetzt hab ich mir bei ebay einen Küchenlampenschirm aus denn dreißiger Jahren um einen Euro ersteigert, ein Euro!, womit ich schlagartig zum Mitglied der ekelhaftesten Sekte der Welt wurde, der Schnäppchenjäger. Weah. Aber ich muss, weil bald eine Inspektion von Spießer-Experte Schnitzler droht, ein paar der schlimmsten Leiner- und XXX-Lutz-Teile durch altes Zeug ersetzen, das so ausschaut, als hätte ich es von Oma selig geerbt, von der ich in Wirklichkeit als einzige Erinnerung eine elektrische Zitruspresse von Philipps, ca. 1982, besitze. Oder als hätte ich es mit unbestechlichem Geschmack spottbillig bei einem kleinen Tandler ums Eck und in New York und Odessa gekauft, wie zum Beispiel diesen Lampenschirm für die Küche, der das knallige Plastikglumpert ersetzen muss, das momentan dort hängt. Aber die Schnitzlers kommen demnächst zum Essen, und der Schnitzler hat ein überaus sensibles Verspießerungssensorium; und die Spießerei ist bekanntlich mein wunder Punkt. Meine Lebenstragödie, neben dem Älterwerden und dem permanenten Bad Hair Day, der, als seis der Murmeltiertag, seit meinem siebten Lebensjahr täglich wiederkehrt, wie ein Blick in die Fotoalben meiner Mutter erst kürzlich bewies.

Dabei bin ich bekanntlich eine von den Spießern, die sich die Verspießerung gerne selber überwerfen wie einen aus dem Peru-Urlaub mitgebrachten Poncho, Bonjour Peinlichkeit, womit ich mir in Wirklichkeit einfach nur das Leben erleichtern möchte. Aber wenn Sie mir jetzt, sagen wir einmal, sagen würden, mein Wohnzimmer sei spießig oder auch nur das Kastl, auf dem der Fernseher steht, würde ich Sie verlässlich für den Rest meines Lebens erbarmungslos ignorieren. Mit dem Schweizer, der meinen Küchenfußboden ikeaig genannt hat, smse ich auch nicht mehr, weil wer meinen Fußboden beleidigt, beleidigt auch mich und meine Familie und alle, die je über diesen Boden wandelten, und ich werde deren Familien bis ins letzte Glied verfluchen. Jemand sollte das dem Schnitzler zutragen, bevor er seine Füße unter meinen Tisch ausstreckt.

Immerhin lerne ich bei ebay viel über die Dinge des Alltags. Zum Beispiel, dass meine fetten Esstischstühle, auf denen die Schnitzlers sitzen werden und die ich einst Stuhl für Stuhl vom Secondhandhändler in mein damaliges Zuhause getragen habe, 1951 von Eero Saarinen entworfen wurden. Was ich eine überaus befriedigende Information finde. Meine Stühle sind bitte nicht Möbelix, 2004, nein: Saarinen, 1951. Leider bekomme ich nicht die Genugtuung, dass die Stühle zwischenzeitlich eine massive Wertsteigerung erfahren hätten und nun Abertausende von Euros mehr wert sind als die hundert Schweizer Franken, die ich damals fürs Stück bezahlte, denn genau so einer wie meine geht bei ebay, und ich verfolge die Auktion zitternd bis zum Ende, um 88 Euro weg. Eine Sauerei ist das; der Käufer und seine Familie sollen bis ins letzte Glied verflucht sein, die ekelhaften Schnäppchenjäger, die.

Beleidigen, aber richtig

Ich konstatiere über die Jahre eine inflationäre und missbräuchliche Verwendung des Begriffs „frustrierte Hausfrau" in Leserkritiken, inbesondere in solchen, die mir mindergesonnen sind. Das macht eine Begriffsabklärung notwendig. Denn wenn Sie mich professionell beleidigen wollen, werte Verbalinjuriker, muss ich Sie bitten, alternative Insultationsformulierungen zu bemühen, denn mit „frustrierte Hausfrau" zielen sie einen Kilometer an meiner Pappn vorbei. Als „frustrierte Hausfrau", gehen wir das kurz durch, bezeichnen wir für gewöhnlich eine Vollzeit-Hausfrau, die überm unbezahlten und unterbedankten Bügeln, Kochen, Putzen, Aufräumen, Einkaufen und Kinderbetreuen auf Dauer eine eklatante Selbstverwirklichungsunterversorgung erleidet und darüber verbittert. Und das trifft ja nun auf mich gar nicht zu; die Verwerfungen in meinem und dem Alltag meiner Freundinnen und, falls vorhanden, assoziierter Partner entstehen ja vielmehr durch den tätigen Versuch, neben der Elternschaft die eigenen Interessen zu wahren und sie blablabla. Wenn Sie mich also beleidigen wollen, müssen Sie andere Kränkungen bemühen, jetzt nur zum Beispiel: dass ich eine unterirdisch schlechte Mutter bin. Oder obwohl eine unterirdisch schlechte Mutter, trotzdem auch eine mördermiese Autorin. Dinge in der Art könnten Sie mir vorwerfen, das würde mich eventuell treffen. Dr. Oliver H. etwa hat sich Mühe gegeben und rät mir in einem überaus angefressenen Leserbrief, „den längst überstrapazierten Begriff ‚Bobo' durch ‚Gefrubevs' (gelangweilte, frustrierte Besserverdienende)" (damit meint er mich!) zu ersetzen. Da sag ich: Bravo, Respekt, der Mann hat sich beleidigungstechnisch wenigstens was überlegt. Gefrubev! Gemein!

Der auch immer gern vorgebrachte Berufsjugendlichkeitsverdacht schmerzt mich dagegen kaum. Jaja, ich versuche ständig, mich mit Insignien anhaltender Juvenilität zu behängen, was zuweilen verzweifelt anmuten mag. Allerdings befindet man sich als sog. Berufsjugendlicher mit seinen würdelosen, altersunangemessenen Interessen in großer und guter Gesellschaft; an dieser Stelle möchte ich Martin Blumenau, Fritz Ostermayer, Stermann, Grissemann, die gesamte Rabenhof-Besatzung, den Horwath, Shy, The Seesaw, The Beasts of Bourbon, die Rolling Stones, das rhiz und das Chelsea (willkürliche Auswahl) herzlich grüßen. Außerdem werden die jungen Menschen, die den Berufsjugendlichkeitsvorwurf in ihrer großen Klappe führen, dieser Gesellschaft, auf die Biologie ist Verlass, schneller angehören, als sie ahnen; auch hier spreche ich aus eigener Erfahrung.

Wir Berufsjugendlichen hören derzeit jedenfalls gern die neue Tocotronic und grölen „Aus meiner Festung“ lauthals mit. Die Mimis wollen lieber zu „Kapitulatiohohon“ singen, aber das Gute an der dementen Spätadoleszenz ist, dass man trotzdem das Sagen hat. „Aus meiner Festung“, hab ich gesagt, basta.

The sun's not yellow its chicken

Nachdem jetzt auch noch einer behauptet hat, die Oberösterreicher hättens erfunden (haha! Ausgerechnet die Oberösterreicher! Als hätten die Oberösterreicher je!), beende ich die Provenienz-Diskussion um den (na gut: das Biertrinken vielleicht. Und den Schweinsbraten.) Ausdruck „Die gelbe Sau" mit dem Debatten-Beitrag der klugen (und das Stöcklkraut. Das Stöcklkraut ist okay.) Frau M., die mir ein Mail mit einem Zitat schickt: „The sun's not yellow it's chicken." Ja, danke. Die Hühnersau, nämlich. Und erfunden hats, wie alle guten Sachen, Bob Dylan.

Und weil der Himmel heute so chicken ist, muss ich das SMS der Finks abschlägig beantworten: Nein, wir können leider nicht im Kent frühstücken, wir müssen baden gehen, ich habs versprochen. Dabei wäre ich mit Baden dann langsam durch, das Baden reicht mir, beziehungsweise das Herumsitzen am Rand von Nichtschwimmerbecken, in denen die Mimis gerade so auf Zehenspitzen tippeln. Die Mimis können zwar jetzt so etwas Ähnliches wie schwimmen, aber trotzdem. Sicher ist sicher. Jeden Tag ersäuft ein Kind in einem Pool, es ist nicht auszuhalten; auch deshalb könnte es wegen mir allmählich Herbst werden. Ich will jetzt wieder eine Jahreszeit, die Bekleidetheit erfordet; es gefällt mir nicht mehr, so subangezogen in der Öffentlichkeit herumzuliegen und am Rand von Nichtschwimmerbecken unfroh meine Schenkel betrachten zu müssen. Ich fühle mich herbstgestimmt, regenwetterbereit für inhäusige Tätigkeiten. Ich möchte etwas nähen, etwas schön flicken, etwas lackieren, die Wohnung ausmisten, die Bücher endlich ordnen und das Silberbesteck polieren, wobei Letzteres nicht am Wetter scheitert, sondern an der Ermangelung von Silberbesteck.

Ich würde ja eh bei ebay schauen, aber der Lange sagt, kommt nicht in Frage, er nimmt sicher kein Silberbesteck in den Mund, das schon Fremde abgeschleckt haben und was weiß er was noch. Es graust ihm ja schon vor den alten Tellern und Schüsseln, die jetzt immer mit der Post kommen, könnte ich mir dann vielleicht dann wieder ein anderes Hobby suchen, Pilates oder Spanisch lernen oder derlei, irgendwas, das er nicht bemerkt oder von dem er auch was hat. Ordentlich werden zum Beispiel, grinst der Lange, wobei ich finde, dass einem, dem die Jeans und Socken vom Leib und die Zeitungen aus der Hand fallen, wo die Fallsucht sie gerade erwischt, die moralische Basis fehlt, um gegenüber anderen Leuten sarkastisch zu werden. Aber das Bücherregal will ich wirklich ordnen, sobald es regnet und das Thermometer unter zehn Grad Celsius fällt, und so lange habe ich Zeit, darüber nachzudenken, wie, alphabetisch oder nicht. Aber noch ist der Himmel hauptsächlich chicken, und ich geh zum Sonic-Youth-Open-Air und bekomme von Kim Gordon, 54, vorgederwischt, dass Alter übrigens ein gesellschaftliches Konstrukt ist. Schön. Andererseits ist es mir auch recht, dass ich wieder daheim bin, als der „Tatort“ anfängt.

War nur ein Schmäh

Wichtige Fragen müssen erörtert werden: Wird man tot, wenn man sich das Schnitzmesser in den Bauch rammt? Oder muss man nur ins Krankenhaus, wo sie einem die Eingeweide mit langen Nadeln zusammennähen? Das Schnitzmesser ist Teil des üblichen russischen Roulettes des Kindergroßziehens, welches dadurch verkomplizierrt wird, dass hundert Eltern von Fünfjährigen hundert Vorstellungen davon haben, was Fünfjährige können müssen oder dürfen sollen. Sollen beispielsweise Fünfjährige allein eine mittelstark befahrene Landstraße überqueren dürfen? Ich bin dagegen, was aber damit zu tun haben könnte, dass ich mit fünf auf einer mittelstark befahrenen Landstraße über den Haufen gefahren wurde, vier Wochen im Krankenhaus lag, dort von meinen Eltern nur einmal die Woche besucht werden durfte und dann sechs Wochen in einem Gips von den Zehen bis zum Bauchnabel steckte, was insgesamt, da hat der Horwath recht, einige Risse im Fundament meines Sicherheitsempfindens verursacht haben könnte. Trotzdem. Meine Kinder gehen nicht allein über die Straße, kommt nicht in Frage. Und meine Kinder dürfen auch andere Sachen nicht, die der kleine Horwath darf, ein Umstand, der in ein Wochenende im Horwath-Landhaus gewisse Dissonanzen zu mischen imstande ist.

Allerdings dürfen meine Kinder, genau wie der kleine Horwath, schnitzen und irgendwann ihre Konfession selber wählen. Letzteres ist insofern von Bedeutung, als der Horwath letzte Woche von hoher Stelle angerufen und um die Anfertigung eines kleinen Willkommenspräsentes für den Heiligen Vater gebeten wurde; der Horwath kann nämlich eine Kunst. Der Horwath hat gesagt, aber gern!, und als die hohe Stelle gefragt hat, was es denn kosten wird, hat der Horwath gesagt, naja, circa 666 Euro, was die hohe Stelle zu teuer fand. Der Horwath hat gesagt, war eh ein Witz, aber den hat die hohe Stelle nicht verstanden. Bei der Anfertigung des Präsents hat er sich aber, gestand der Horwath, ganz besonders Mühe gegeben und hat jetzt, sagt der Horwath, einen direkten Draht zu Gottes Stellvertreter: und ihr nicht.

Wir: nicht

Ich möchte alles zurücknehmen, was ich Sehnsüchtigtes über den Herbst gesagt habe. Sommer ist super. Schwitzen, stinken, freie Sicht aufs Bauchfleisch, alles uresuper. Beziehungsweise erlaube ich mir, den Herbst, insbesondere den Frühherbst, mit sehr viel netteren Eigenschaften zu konnotieren als mit grauskaltem Dauerregen: süße, reife Früchte, bitte! Betörend schön verfärbte Blätter, der Glanz auf den Kastanien, der feine Nebel des Atems, wenn man in kühler Früh auf die Straße tritt! Dünne, bunte Hauben auf den Köpfen der Kinder, feste Turnschuhe an ihren Füßen, gesundes Rot auf den Backen und die Taschen ihrer strapazierfähigen und wasserabweisenden Herbstjacken voller Kastanien mit tüchtig Glanz darauf! Ein Glas Sturm (ich) und eine heimliche Zigarette (der Lange) abends am Balkon, wenn die Mimis schlafen (tagsüber weisen sie ihn stets erbarmungslos darauf hin, dass man vom Rauchen übrigens tot wird, TOT, Papa!), unter einer kuscheligen Wolldecke … Aber. Nix: Die Kastanien schwimmen in dreckigen Lachen, die Kinder unter Ganzkörpergummi tropfen uns die Fußböden wellig, und die reifen Früchte am wilden Wein locken die Tauben in riesigen Meuten an, die mir den Balkon sowieso unbenutzbar scheißen. So war das überhaupt nicht ausgemacht.

Überdies ist, wenns Herbst wird, der Winter nicht weit, und der birgt vielerlei Ungemach. Erstens liegen die Kinder schon jetzt am Fußboden auf dem Bauch und bekritzeln Post-its mit kleinen Zeichnungen ihrer drei Dutzend dringlichsten Weihnachtswünsche. (Jetzt ist es heraußen. Die Mimis sind schon fünf und können nicht nennenswert lesen noch schreiben. Das gilt heutzutage als Hinweis auf akute Minderbemitteltheit, weil andere Eltern, wenn man sie hört, ihren

Fünfjährigen praktisch die Augen verbinden und/oder die Hände fesseln müssten, um sie daran zu hindern, den „Zauberberg" anzulesen, erste, kleine Kurzgeschichten zu verfassen oder sich selbst ein Instrument samt Notenlesen beizubringen. Was soll man machen; man hat es, oder man hat es nicht. Wir: nicht.) Die Post-its werden auf den Kühlschrank gepost-itet, mit Tixo gesichert, und es muss permanent gewährleistet werden, dass Mutter dem Christkind JEDERZEIT fehlerfrei zu diktieren in der Lage ist, was das auf dem dritten von links ist. Ein Eisenbahnwaggon nach der Sprengung durch Terroristen? NEIIIIN, Mama!!!, das ist ein HEUWAGEN für den TRAKTOR! Weiß ich eh, Kind, war ein Witz, und ja, das daneben ist ein Cowboy-Kostüm, und das darunter ist ein Porsche, und das daneben ist ein Pferd, das sieht man doch, und nein, Schatz, Terroristen sind ein bisschen was anderes wie Indianer, erklär ich dir ein andermal.

Zweitens geht der Winter einher mit der Belästigung durch die Frage, wann und wo unsere Kinder denn Schi fahren lernen werden. Das wäre o. k., wenn die Leute die Antwort „nie und nirgends" akzeptieren würden, abnicken, Themawechsel. Tun sie aber nicht: Waaaswiiiiie? Tatsächlich scheint die Absicht, Kleinkindern ihr Recht auf stundenlanges Arschabfrieren am Lift und erste Knochenfrakturen zu verweigern, unter den Tatbestand der mittelschweren Kindesmisshandlung zu fallen. Sie! Es gibt einen Grund, wieso ich in der Stadt lebe! Nicht jeder, der bergiger Landschaft entstammt, muss zwingend für lustige Schneesportarten talentiert sein! Manche fallen dabei permanent auf die Fresse, ja, haha: Wusste ich doch, dass mir Ihr Wohlgefallen an dieser Stelle garantiert ist.

Außer die Situation erfordert es

Schön, dass man am Brunnenmarkt immer Leute trifft, die man kennt, einmal gekannt und schon lange nicht mehr gesehen hat, und damals war es oft dunkel und man war eventuell nudelfett. Jetzt steht man beim Yip-Hint an der Kassa oder im Biofritz-Lager mit einem Randig in der einen und einem Ziegenkäse in der anderen Hand, und, ah, du auch hier! Und freut sich ure, sich zu sehen, nur behindert der Umstand, dass man sacknüchtern ist und sich so so so samstagvormittäglich fühlt, die Konversation stark. Also, man weiß überhaupt nicht, was reden, entscheidet sich aber (ein weiterer gravierender Unterschied zu den einstigen Begegnungen) für: Süße Kinder! Du auch! Was ist denn das für eins? Und dann: Hmm. Man will das Gegenüber ja nicht mit halbhirntotem Samstagsblabla fertigmachen. Ein Konversationskanon für Einkaufsvormittage am Brunnenmarkt wäre überfällig, aber bis dahin dreht man schließlich mit freundlichem Genicke ab zum Speck-Bauern, steckt die Nase in die Vitrine, und wie man sie wieder rausholt, steht da schon der Nächste. Ah, du auch hier! Schön! Und süßes Kind, wie heißt es denn?

Aber selbst an sich schon belastende Begegnungen sind verschärfbar. Letztes Mal zum Beispiel treffen wir vor dem Honig die A. und den B. mit dem kleinen C., zwei nette Kollegen, aber Vorsicht: mit Patchwork-Hintergrund, und logisch strudelts mich rein. Weil den B. kennen der Lange und ich irgendwie schon immer, die A. aber ist seine ziemlich neue, junge Frau, eine gscheite, die ich vor ein paar Monaten kennengelernt und gleich gemocht habe, trotz ihrer „Desperate Housewifes“-Verirrung, und dann da und dort getroffen. Letzthin traf ich aber auch einmal wieder die D., die erste Frau vom A. und die Mutter vom C., ebenfalls eine Gute. Die war grad schwanger mit einem neuen Kind vom E., und im Gespräch stellt sich raus, tadaa, der E. ist unser Nachbar und hat einen Garten, und seit das neue Kind auf der Welt ist, haben die uns schon zweimal zum Grillen eingeladen, und einmal war auch der kleine C. da, den die Mimis ganz super fanden, und es war sehr nett dort, plus es gibt eine Vogelspinne.

Wir grüßen also A., B. und C., wir plaudern ein wenig, wissen dann naturgemäß nicht weiter, grinsen freundlich und drehen ab. Worauf der Lange stinkig wird, weil ich hab ihn schon wieder nicht vorgestellt. Wem vorgestellt. Ja, der A. Und das stimmt, weil: klar, der Lange kennt ja die A. gar nicht, und ich ärgere mich über mich, denn ich bin ungern unhöflich, außer die Situation erfordert es. Der Lange fängt gleich an, das wär ja eh wie immer, weil nie stell ich ihn vor, dem F. hab ich ihn auch nicht vorgestellt und dem G. auch nicht, niiiie, und diese miesen Vorwürfe wurmen mich in der Kombi mit meiner tatsächlichen Verfehlung derart, dass ich dort auf dem Brunnenmarkt spontan sozial auffällig werde. Zum Glück sind wir dann schon beim Kent, wo die Finks auf uns warten, und die sind uns schon seit immer so vertraut, Konversationsnotstand null.

Kommen Sie doch mal bitte mit

Die Koch, eine Freundin von der Urban, war kürzlich auf Dienstreise. Frühmorgens hin, spätabends am nächsten Tag zurück. Dazwischen Termin, Termin, Termin, und wie sie endlich mit allem fertig war und dann langsam mal wieder den Flughafen und die Heimat anpeilte, ist ihr glühend heiß eingefallen, dass sie für das arme, arme Kind daheim kein Geschenk besorgt hat. Der Rabenmutterpegel in der Koch ist, nona, flutgleich bis knapp unters Schlüsselbein gestiegen, heiliger Himmel, so kann sie nicht heimkommen. So braucht sie nicht heimkommen; denn auch wenn die Vorstellung der Mütter über den Sehnsuchtsquotienten ihrer daheimgebliebenen Brut nicht immer mit der Realität korreliert, so ist doch eins gewiss: Ein Elternteil braucht nach mehrnächtiger Abwesenheit nicht ohne Geschenk wieder erscheinen.

Diese Erfahrung hat mich daheim eine heimliche Kiste mit kleinen Geschenken anfüllen lassen, periodisch wird mit Playmobil-Manderln, Pixi-Büchern, Aufblas-Dinos, Matchbox-Autos, Disney-Unterhosen und Plastikschmuck aufgestockt, und wenn der Lange ein paar Tage weg ist, stell ich sie ihm bei der Rückkehr vor die Wohnungstür. Das erspart eine Menge Geflenne und Gerenne, auch bei übersehenen Kindergeburtstagen, und der Koch kann ich das für die Zukunft warm empfehlen. Aber beim ersten oder zweiten Mal, wenn der Nachkomme noch klein ist, weiß man so Zeug einfach noch nicht. Die Koch wusste allerdings auch nicht, dass praktisch jeder noch so kleine Flughafen mit einem Schlechte-Gewissen-Shop für dienstreisende Eltern ausgestattet ist: Die Mitbringsel-und-Zuneigungsbeweis-Industrie zur Liebesversicherung armer, armer Kinder ist überhaus fantasievoll im Beruhigen und Abmelken schuldzerfressener Eltern.

Aber wie gesagt, die Koch wusste das noch nicht. Und wie ihr im Taxi auf dem Weg zum Flughafen ihr Brutal-Versagen als Mutter schlagartig bewusst wird, wie sie sich das Tränen-Niagara ihrer bis ins Mark von Enttäuschung gebeutelten Zweijährigen ausmalt, schaut sie panisch zum Fenster raus, und sieh an, es ist dunkel und alle Läden haben längst geschlossen. Nur da vorne leuchtet noch was, da hat was offen. Vielleicht eine Tankstelle. Nein. Keine Tankstelle. Trotzdem lässt die Koch den Taxler anhalten und ersteht im Sexshop gar nicht teuer ein hübsches, rotschwarzes, latexknautschiges Badeentchen, und zwar eins, das etwas hat, das andere Badeentchen von anderen Kindern nicht haben, nämlich eine Vibratorfunktion.

Das Kind soll, so die Überlieferung, glücklich gewesen sein. Die Urban und ich haben uns aber natürlich gleich ausgemalt, wie es gewesen wäre, wenn das Ding an der Sicherheitsschleuse des Flughafens originalverpackt losvibriert hätte. Der Beamte: Was ist das? Die Koch: Ach, nur ein Mitbringsel für meine zweijährige Tochter. Der Beamte: Kommen Sie doch bitte mal mit.

Da hat die Koch doppelt Sau gehabt, aber so ist das Leben der Karriere-Mütter: ureaufregend und voll mit Augenblicken des Glücks.

Da wächst uns ein schicker Trend heran

In Venedig gibt es keine Diskussionen. In Venedig gibt es meistens Pizza, Pasta oder Fisch; Pizza, Pasta oder Fisch sind offenbar o. k., trotz der Salami auf der Pizza. Woraus wird Salami gemacht? Schwein, glaub ich. Die Phase der Moral ist angebrochen, der ethischen Bedenken gegen das Töten und Verzehren von Lebewesen: Aber Schwein ist o. k., denn Schweine fallen, so die Mimis, wie die Fische in die Kategorie der nutzlosen Tiere, wohingegen Hühner Eier legen, Kühe Milch geben, Hasen kuschelig und Lämmer süß sind, also alle auf ihre Weise nützlich, also nicht mehr verzehrt werden dürfen. Also neue Probleme in einem Haushalt, dem ein Oberösterreicher angehört. Denn ein Oberösterreicher braucht seine regelmäßige Zufuhr großer Fleischstücke, er wird sonst unrund. Der Oberösterreicher isst an fleischlosen Tagen Huhn, und Fisch nennt er Mädchenfleisch, lehnt ihn also aus Prinzip ab und nimmt ihn rein aus Vorbildgründen ab und an zu sich, oder wenn er, wie in Venedig, ganz kürzlich frisch aus dem Meer geholt wurde. Was ihn zwar immer noch zu keinem Fleisch macht, aber es ist wenigstens außergewöhnlich gutes Unfleisch, und so gesehen besser wie nur Gemüse. Das Unvergnügen, das in nächster Zukunft über den Oberösterreicher hereinbrechen wird, hatte in Venedig noch Schonzeit, worüber auch der Horwath, schweinshaxnaffin, aber moralkeulenallergisch, nicht unglücklich war.

Wir waren nämlich mit den Horwaths. Und wir waren natürlich bei der Kunst, Giardini, Arsenale, alles, und weil die Kunst derzeit einen erheblichen Hang zur Albernheit zeigt, konnten die Kinder mit einigem davon etwas anfangen. Durchaus in einer Weise, die Rainald Goetz auf der Dokumenta exorbitant missfallen hatte. „(...) herrlich hätten die

Kinder der Massen, so die Kuratoren, in den Auehallen vor den Kunstwerken herumgetobt. Ja, so war es gewesen, fürchterlicherweise, komplett normalerweise auch. Der Angeberterror, den die Leute mit ihren dumpfen Kindern veranstalten, weiß sich aufs debilste getragen von der herrschenden öffentlichen Stimmung." Das schreibt Goetz in seinem Vanity-Fair-Blog „Klage" und, lassen Sie mich raten, der Mann hat keine Kinder und fühlt, dass die Zeit jetzt reif ist, Kinder wieder ganz offiziell zu hassen: Da wächst uns gerade ein schicker, neuer Trend heran (siehe auch Corinne Maier: „No Kid"). Aber o. k., mir wurde es auch manchmal zu arg, vor allem, als eins der Kinder sich im Glaslabyrinth im belgischen Pavillon die Birne voll anrammelte und des Gekreisches wegen eilig daraus entfernt werden musste. Und später, als die Kinder die brasilianische Favela-Installation nächst dem Freiluft-Café erkletterten und mit ihren Pommes-Fingern so viele Legomännchen wie möglich aus den Hohlziegeln befreiten und eine mächtige Favela-Legomännchenversammlung inszenierten. Ich äh glaube, wir äh sollten jetzt lieber gehen, bevor noch Goetz auftaucht.

Was ich einmal werden will

Das Bubenmädchen ist übrigens immer noch eins. Das Mädchenmädchen trägt jetzt Leggings und Miniröcke, und wenn ich das Bubenmädchen frage: Soll ich dir auch einmal so was mitbringen?, dann weiß ich schon, was kommt, das Bubenmädchen lacht nämlich aus vollem Hals. Es lacht wie Peymann, wenn man ihm vorschlüge, ein Stück von Kai Diekmann zu inszenieren. Es lacht, als hätte jemand behauptet, Haider würde jetzt Asylanten ins Land locken wollen. Es lacht von Herzen: Hahaha!, was für eine lustige Idee! Was für eine völlig abseitige Idee.

Als ich unlängst meine schöne, lang nicht gesehene Freundin Klara wiedertraf, als wir uns ganz zufällig einen Abend lang feinstens unterhielten, und als Klara, die die Mimis vor zwei Jahren einmal einen Abend lang erlebt hatte, nach dem Bubenmädchen fragte, da fiel mir erst wieder einmal ein, dass ich ja eine kleine Transe daheim habe. Sonst fällt mir das gar nicht mehr auf. Das hat sich im Alltag so eingespielt. Die Mimis sind fünf, seit drei Jahren ist das Bubenmädchen kein Mädchen. Periodisch fühle ich in mir die feministische Verpflichtung, dem Bubenmädchen einen kleinen Vortrag zu halten: Du, übrigens: Mädchen sein ist wirklich cool. Man muss, schau mich an, nicht unbedingt eine Prinzessin sein, nur weil man ein Mädchen ist, man kann kurze Haare haben, Hosen tragen und niemals rosa oder lila. Mädchen dürfen nämlich alles, und alles, was Buben auch dürfen, was heißt: Mädchen dürfen sogar mehr!, und das Bubenmädchen findet das für die Mädchen total super. Bloß ist sie halt keins. Es freut sie für die Mädchen, aber es betrifft sie nicht. Sie findet es nett, dass jetzt auch Mädchen im Kindergarten-Fußballclub sind. Nicht: auch andere Mädchen, sondern: auch Mädchen; sie, das

Bubenmädchen, war ja letztes Jahr auch schon. Es ist ihr klar, dass die Buben im Kindergarten in vielen Dingen irrsinnig blöd tun und sich wirklich gemein benehmen, wo sie kein Bedürfnis hat, so blöd zu tun und sich so gemein zu benehmen, aber obwohl zum Glück kein Testosteron in ihr wütet, gehört sie halt trotzdem zu denen und nicht zu den Mädchen, was soll sie machen. Deshalb kann sie auch unmöglich Leggings tragen, sondern Bubenjeans und Bubenleiberl, und beim Winterschuhe kaufen würde es ihr nicht einmal zum Spaß einfallen, einen Blick auf die Mädchenstiefelchen zu werfen. Sind eh schön, ja, für ihre Schwester; und sie entscheidet sich selbstverständlich für ein grobes Paar blaue Bubenstiefel.

Und ja, sie weiß, dass sie kein Bub ist: Ihre Cousine hat so ein Freunde-Buch, was nur unwesentlich weniger schlimm ist als unsere Poesie-Alben früher, und als sich das Bubenmädchen da mit Foto, Hobbys und Lieblingsdingsens deklarieren soll, da will sie bei „Was ich werden will, wenn ich groß bin" eingetragen haben: Mann. Ich schreibe das hin, auch wenn es mir lieber wäre, für sie lieber wäre, sie würde Pilotin werden wollen oder Ärztin oder Fußballerin. Aber wenn Mann für sie das Richtige ist: gut, soll sein.

Ich hab noch einen anderen Fink

Der Fink: Fink der Freund, Fink der Spinner, smst am Samstag, als ich mir grad ein Brot schmiere, er will am Dienstag jassen, ich soll das organisieren. Ich sms ihm mit klebrigen Fingern zurück: kann di leider nicht, mi auch nicht, gleichfalls nicht mo und do, sorri. Aber die Woche darauf kann ich jeden Tag, und das sms ich dem Fink. Dann sms ich dem Fink gleich hinterher: außer mi! Der Fink smst mir zurück: spitze, er kann fast immer. Also sms ich, während ich mein Ei löffle, dem Benni, wie's bei ihm am Dienstag in einer Woche ausschaut, und der Benni smst, dass er in Spanien gerade dem warmen Meer entstiegen ist, was ich meiner Meinung nach nicht zu wissen brauche, und Dienstag super. Dann rühre ich einen Palatschinkenteig zusammen, und der Fink smst, also der Mittwoch wär ihm doch lieber, und ich smse, während die Butter in der Pfanne verbrennt, dass ich Mittwoch ja nicht kann, und der Ben hat für Dienstag schon zugesagt. Ich backe den Mimis die Palatschinken für die bestellte Frittatensuppe und smse dem M., der kürzlich beim „Falter"-Fest nach einem ewigen long time no see sagte, er wolle jetzt endlich einmal mit uns jassen: du wolltest doch endlich einmal mit uns jassen, wie schauma am di in 10 tagen aus? Der M., der ein relativ großes Unternehmen leitet, smst, als ich die ausgekühlten Palatschinken eben in hauchdünne Fäden schneide, er lässt in seiner Agenda nachschauen, ob das geht, aber er ist zuversichtlich. Jetzt smst der Fink, dass er am Dienstag übrigens nicht kann. Ich smse dem Fink: mensch! die anderen haben schon zugesagt! jetzt machst aber DU einen neuen termin aus! Der Fink smst zurück, viel spass beim jass, und die Mimis lehnen die Frittatensuppe mit dem Hinweis ab, eine Frittatensuppe hätten sie nie bestellt und würden sie jetzt sicher nicht essen, zumal die hier so rieche wie eine Suppe, die man essen muss, wenn man krank ist.

Als ich den Fink daraufhin anrufe und er nicht abhebt, mag das, was ich auf seine Mailbox spreche, so wirken, als würde ich ihn anschnauzen. Der Fink reagiert den ganzen Rest-Samstag nicht. Ich informiere die anderen per SMS, dass der fink jetzt am di doch nicht kann, worauf der Benni zu meiner Befriedigung zurücksmst: typisch fink! Am Sonntag, als ich dem Fink smse: und? wann jassen wir?, antwortet der Fink wieder nicht. Aber bitte, ich brauch den Fink, den Narrischen, nicht, ich hab noch einen anderen Fink, den Supersingersongwriter-Fink, den „Biscuits-for-Breakfast"-Fink, den Neues-Album-Fink. Aber das müssen sie beim Substance leider erst bestellen, und ich lade mir vorab schon einmal den Song „This Is The Thing" herunter, schön, schön, schön, sagenhaft schön, und das höre ich dann im Kopfhörer so oft und so laut, dass ich sowieso nicht mitkriegen würde, ob der andere Fink, der Lappi, jetzt wieder mit mir smst oder nicht; mir doch wurscht.

Das glaubt ja nicht einmal Rotkäppchen

Mit dem Langen im „König Lear“ gewesen. Ich weiß nicht. Großartige Schauspieler, beeindruckendes Bühnenbild, tolle Kostüme (vor allem das, wo Lear aussieht wie einer der Außerirdischen in „Mars Attacks!“), ziemlich mieses Drehbuch. Ich meine, jetzt einmal ehrlich, selbst Rotkäppchen schnallt relativ schnell, dass das Viech in Großmutters Nachthemd nicht Großmutter ist, aber im „Lear“ braucht sich nur einer ein bisschen Dreck ins Gesicht zu schmieren, schon wird er von seiner gesamten Familie, einschließlich seiner Erziehungsberechtigten, dauerhaft nicht mehr erkannt. Unnötiges Stück, überhaupt; mit insgesamt viel zu wenig Identifikationspotenzial, als dass es sich lohnen würde, vier Stunden lang aus dreißig Meter Höhe in einer Haltung, die meine Ergotherapeutin definitiv nicht empfiehlt, auf die Scheitel von Schauspielern zu starren, denen es nicht durchwegs gelingt, ihre Worte auch bei uns oben noch verständlich ankommen zu lassen: Der Lange, der auch schon länger nicht mehr im Burgtheater war, hat die Karten besorgt und war der Meinung, Galerie klinge doch nicht schlecht. Ha. Immerhin stellte ich fest, dass auch die Reichen unten in den Logen nicht gemütlich in ihren Sesseln lümmeln UND etwas sehen konnten: eine praktisch komplette Fehlkonstruktion, dieses Burgtheater, jedenfalls, wenn man partout darauf besteht, auch das Stück zu sehen. Aber egal, wieder etwas gelernt, nämlich, der Lange und ich sind als Theaterpublikum totale Nieten. Nicht, dass ich das nicht schon länger gewusst hätte, aber man denkt halt, jaaa, die Verspießerung, jetzt ist sie schon so weit fortgeschritten, vielleicht bin ich nun endlich fertig genug für das Theater als solches. Bin ich nicht. Werde ich nie sein. Das Theater als solches beeindruckt, ja rührt mich ob der aufdringlichen Antiquiertheit seiner künstlerischen Erscheinungsform, und ich starre darauf wie auf ein merkwürdig designtes Reptil im Terrarium: schön, schön, mir doch egal.

Der „Lear" war nicht die einzige kulturelle Ernüchterung dieser Woche. Die „Drei Stanisläuse" nämlich. Heimisches Kulturgut, bitte! Und was hatte ich die drei Stanisläuse nicht suprig in Erinnerung. Der große Stanislaus, der mittlere Stanislaus, der kleine Stanislaus (allein, dass man das pro Vorlese-Einheit etwa siebzig Mal artikulieren muss, weckt spontanen Hass auf die Burschen), permanent auf Achse, immer raus in die große weite Welt und mächtig Abenteuer erleben: Während die drei Veronikas hübsch zuhause bleiben, kochen, putzen, die Betten auslüften, bisschen Hausmusik machen und sorgfältig darauf schauen, dass genug Schinkenwurst im Haus und das Gurkenfass immer gut gefüllt ist. Denn wenn die drei Stanisläuse wieder heimkommen, um Sinn in das Leben der Veronikas zu bringen, sind sie sehr hungrig. Also büüütte. Echt jetzt. Das kann von mir aus der Lange vorlesen, ich lese das nicht mehr vor.

Ich bin noch auf Bewährung

Die Breussin ruft an; ich hebe ab und sage, Breussin, tut mir leid, ich kann grad gar nicht. Das ist untertrieben. Tatsächlich passiert gerade Folgendes gleichzeitig: Das Mädchenmimi, das mit dem Langen im stecken gebliebenen Lift gefangen ist, will mit einem Strohhalm durchs Gitter mit Saft gefüttert werden, die erste der drei eingeladenen Freundinnen hat gerade meine Küche betreten und ist zur Begrüßung spontan in Tränen ausgebrochen, die zweite Freundin begehrt unten an der Haustür Einlass, die Zwiebeln von den Kässpätzle sind am Herd gerade in ihrer kritischen Phase, und der Mann von der Liftfirma ruft, unmittelbar nachdem ich der Breussin aufgelegt habe, nochmal an, um sich zu erkundigen, ob der Techniker schon da ist.

Zum Glück sind nicht alle Abende so. An anderen Abenden werde ich einfach ganz normal von Theaternerds beschimpft. Das ist in Ordnung: Niemand lässt sich gern auf seinem Lieblingsblümchen herumtrampeln. Wenngleich ich die Worte des Kollegen T., er gehe jedes Mal in den Saft, wenn ich übers Theater schriebe, insofern relativieren muss, als die Mimis noch lange nicht auf der Welt waren, wie ich es das letzte Mal wagte, die Stimme gegen das Theater zu erheben. Das zeigt, was für ein enormes Sakrileg es ist, einmal zu erwähnen, dass du das Theater nicht so lieb hast, danach bist du dein Leben lang auf Bewährung. Immerhin liebt der T. das Theater so sehr, dass er mich nicht auffordert, mir zur Bekehrung jetzt aber schleunigst das aktuelle Stück im Sowieso oder unbedingt das nächste von der Dings anzusehen, vermutlich, weil er dem Sowieso-Ensemble und der Dings keinen Kummer machen will. Man hat ja gesehen, was dabei herauskam, als man mich in den „Lear“ hineingeredet hat. E. dagegen hat gesmst: „also wirklich! dieses theater-bashing immer!“ (Da, schon wieder: immer.) „zur strafe musst du mit mir in ein wirklich gutes stück!“

Nein, Kruzitürken! Lassts mich halt einfach in Ruhe nicht ins Theater gehen! Nicht ins Theater gehen kann ja wohl nicht so ein monumentales Verbrechen sein, Himmelnocheinmal! Ich will es ja nicht abschaffen! Ich gebe gern meine Steuern dafür her, Schauspielerinnen, Regisseure, Bühnenbildner haben meinen vollen Respekt! Ehrlich! Super Arbeit, ihr! Ihr macht viele Menschen glücklich! Aber mich nun einmal nicht; damit müsst ihr leben lernen.

Der Lange und das Mimi wurden übrigens bald befreit, die Zwiebeln brannten nicht an, die Freundin lachte nach ein paar Gläsern Wein wieder und blablabla, das klingt ja, als hätte der Advent schon angefangen. Nicht mit mir; ich hab gerade erst das Martinsfest überstanden; samt szenischer Aufführung der Martinsgeschichte im Kindergarten, die Mimis in den Rollen einer Erzählerin und eines Baums. Okee, es war spitze. Und ja, Stolz schwellte meine Brust. Aber das ist etwas ganz anderes.

Aus dem Eck kommst du nicht mehr raus

Also gehe ich zur Eröffnung des Advents in der „Kabine“, und zwar obwohl mir der Grätzl-Faschismus der Leopoldstädter extrem auf den Sack geht. Leopoldstädter verlassen ihren Bezirk ja, wenn irgend möglich, nie, was nicht einfach ist, weil es dort in Wirklichkeit außer dem Karmelitermarkt, zwei bis drei Gasthäusern, einem Donaukanalufer und einer Handvoll lässiger Läden nicht viel gibt. Super Grünraum, schön und gut, aber das kann ja wohl in einer Großstadt nicht alles sein. Wenn ich super Grünraum will, zieh ich aufs Land. Trotzdem gehe ich in die „Kabine“, einen lässigen Laden in der Karmelitergasse, und zwar, weil ihre Mitbesitzerin mir über Dritte Drohungen übermitteln ließ, in denen die Wörter „Kopf“, „abreißen“, „persönlich“, „wenn“, „du“ und „nicht“ vorkamen. Es ist sehr unterhaltsam dort, und bevor ich wieder heim nach Restwien fahre, erstehe ich eine riesige güldende Schneiderschere, die mich ein wenig glücklich macht.

Und dieses bisschen Glück kann ich gut brauchen. Denn davor werde ich, nachdem ich die und den und die endlich einmal wieder getroffen habe, einem interessant und gescheit aussehenden Herrn vorgestellt, dessen Augen, kaum dass er meinen Namen vernommen hat, circa 98 Prozent ihres Leuchtens einbüßen. Aha, sagt der Herr, und weicht merklich zurück, ich sei also die, die immer über ihre Kinder schreibt. Worauf ich nicht entgegne, dass ich eigentlich meistens nicht über meine Kinder schreibe, und wenn ich über Kinder schreibe, schreibe ich eigentlich auch meistens nicht über Kinder, sondern fast immer nur über Leute, die welche haben, und darüber, was das mit ihnen macht und so. Der Herr macht aber nicht den Eindruck, als sei er an diese Sorte feiner Unterscheidungen interessiert, also lasse ich es. Ja, Sie, die bin ich;

das schreibende Mutterlulu, das kolumnierende Hormonmassaker. Da sieht man, was Fortpflanzung anrichtet, Drogen ein Dreck dagegen.

Mit dieser Stigmatisierung bin ich einigermaßen vertraut. Regel Nummer eins, wenn du ein Kind kriegst: Schreib unter keinen Umständen darüber, sonst gerätst du unter endgültigen Hormonversautheitsverdacht. Aus dem Eck kommst du nicht mehr heraus. Dieses dümmliche Gluckengrinsen kriegst du nie mehr aus deinem CV.

Vor allem aber: Interessiert ja keine Sau. Kinder hat ja fast keiner, und von den 0,1 bis 0,2 Prozent der Bevölkerung, die welche haben, kann man wohl erwarten, dass die sich in Special-Interest-Medien über ihre öden Vorlieben informieren, „Eltern“, „Mein Baby“, „My Family“, derlei. Da braucht man ja jetzt nicht richtige Zeitungen buchstäblich vollscheißen mit dem Zeug und richtige Leser, die sich über richtige, relevante Themen informieren wollen, aus dem Hinterhalt mit Fortgepflanztheitspipapo anfallen. Und wenn du es doch tust, brauchst du dich zumindest nicht wundern, wenn interessant und gescheit aussehende Herren rückwärts abtrippeln; äh, tja, chm. Dafür hab ich jetzt eine riesige Schere; immerhin.

Das ist normal unmöglich

Mitten in Dornbach und unmittelbar nachdem mir eine nette Dame erklärt hat, der Zirkus sei von hier noch ungefähr einen Kilometer entfernt, kriege ich einen derartigen Zornanfall, dass eines der Kinder schließlich sagt, wenn ich jetzt nicht gleich zum Fluchen aufhöre, geht es keinen Schritt mehr weiter. Nicht, dass ich etwas dagegen gehabt hätte. Das würde mir nämlich den blöden Zirkus ersparen, in den ich mich von Mutter Urban hatte schwatzen lassen. Zirkus macht mich narrisch, da bin ich wie der Horwath.

Immerhin, und das wird Sie jetzt überraschen, das Adventkranzbinden war lässig; und wir haben jetzt ein imposantes ringförmiges Gestrüpp zu Hause, das perfekt den hellen Fleck auf dem Kasterl überdeckt, auf dem einst der Fernseher stand. Ich habe ja beschlossen, das ganze Geweihnachte heuer herrlich zu finden: und zwar schon bevor Wiglaf Droste in „Willkommen Österreich“ praktisch das Gleiche bekundet habe, wie mich Kollegin Dusl informierte, als ich ihr unlängst im Café Servus erzählte, dass ich den Advent heuer vollumfänglich zu genießen beabsichtige.

Allerdings kann ich beweisen, dass ich besagten Abend nicht vor dem Fernseher, sondern mit Fink im Kent beim Jassen verbracht habe. Ich erinnere mich genau daran, weil der Fink hat gewonnen, und der Fink gewinnt nie. Gewisse Umstände machen es unmöglich, dass der Fink gewinnt, einer davon befindet sich in Übergröße über der Kent-Theke und zeigt türkischen Fußball oder türkische Musikvideos, beides ist dazu angetan, den Fink in ein jasserisches Nirvana zu befördern. Die jeweiligen Gegner vom Fink sorgen für gewöhnlich als Erstes dafür, dass der Fink mit dem Gesicht zum Fernseher zu sitzen kommt, was der Partner vom Fink entschieden zu verhindern trachtet. Diesmal saß der Fink frontal zum Fernseher und gewann trotzdem, und das obwohl der Benni und ich die hundertmal besseren Jasser sind und außerdem gerade einen normal unmöglichen Unten-Oben-Match geschafft hatten, aber das verstehen Sie jetzt nicht.

Ich habe auch wieder den Sackerladventkalender befüllt, und diesmal nicht wie letztes Jahr mit hübschen Kleinigkeiten aus dem korrekten Brav-Spielzeugladen, denn das hatte mich, nachdem ich hier zwei Pferdchen und dort zwei Klack-Fröschchen und da zwei Pfeifchen eingesammelt hatte, insgesamt 130 Euro gekostet. Bist du deppert. Nein, heuer wurde der Adventkalender im Zehn-Cent-Markt und beim Billigdiskonter befüllt, was die meisten meiner Prinzipien verletzt, den Mimis aber zu mehr korrektem Brav-Spielzeug unterm Christbaum verhelfen wird, und aus China kommt ja sowieso alles. Leider habe ich dann vergessen, die Sackerl rechtzeitig aufzuhängen, was meiner Reputation als Mutter in diesem Haushalt eher abträglich war. Aber obwohl der Lange am Sonntag, als wir feierlich das erste Kerzerl am Gestrüpp entzündeten, „Wir lagen vor Madagaskar“ anstimmte, genieße ich den Advent heuer extrem.

Das gibt nicht genug her

Nun wurde das neue, in Venedig erstandene Ledernotizbuch eröffnet: eine herrliche und dabei preiswerte Handarbeit aus gutem, erstklassig gebundenem Papier innen und dickem, geprägtem Rindsleder außen, in das ich nur mit dem Akkuschrauber zwei Löcher bohren musste; für das Gummiband. Das Gummiband ist das Einzige, was das alte Moleskine-Notizbuch dem venezianischen voraushatte, ansonsten ist dieses gesamte Moleskine-Zeug völlig überschätzt und überpreist. Bei meinem musste ich schon nach wenigwöchiger Nutzung die Außenhülle mit Gaffertape reparieren, was nicht wundert, ist ja keine Maulwurfshaut, sondern offenbar chinesisches Polyester, und innen rissen die Fäden. Man müsste meinen, dass ein mit dem Etikett „legendär" erworbenes Notizbuch die regelmäßige Aufnahme von Notizen verkraften können müsste. Allerdings stehen, was ich von dem venezianischen noch nicht behaupten kann, im alten Fetzenbuch verwendbare Notizen drin, und zwar nicht nur deswegen, weil ich sie lesen kann, seit das grafisch gebildete Fräulein Kaiser mein Schriftbild zermäkelte und es als Gesudle bezeichnete, das dieses wunderbar klassische Notizbuch praktisch entehre und so weiter. Ich habe ihr dann aus Venedig, neben einem obszönen Tracy-Emin-Tattoo, ein wirklich klassisches Notizbuch mitgebracht, Goldschnitt, handbedruckter Einband aus handgeschöpftem Papier und alles, und sie sagte, oh schööön!, benutzt aber weiterhin den Plastikscheiß.

Ich im Moment aber auch. Denn im neuen stehen bisher nur (ich habe beschlossen, Sie ausnahmsweise am Entstehungsprozess dieses Textes teilhaben zu lassen) zwei F- (wie „Falter"-Kolumne) Einträge, erstens: F Kinder spielen Puppentheater vor. Brutal fad. Gibt zu wenig Geschichte her. Irgendwo darunter:

F Familie. Immer Wirbel. Meine Mutter hat 8 Geschwister, die der Meinung sind, dass. Worauf der Eintrag abbricht: Eine Idee für eine Glosse über den eben absolvierten elftägigen Weihnachtsurlaub bei meinen Eltern, während dem von früh bis spät hartnäckig weitere Familie und anderer Besuch erschien, um zu essen, zu jassen und Alkohol zu trinken, und wenn weniger als acht Leute am Tisch sitzen, werden welche von der Straße hereingewinkt. Aber das habe ich so ähnlich schon einmal erzählt.

In meinem alten Notizbuch steht dagegen: F Adventlieder, „Alle Jahre wieder" (… kehrt mit seinem Säbel ein in jedes Haus …) und: F Glavinic: „Bei mir waren aber schönere Leute als bei Maschek." Und: F Anruf Mutter Urban, Tabuleh-Rezept. Sowie: F Müssen Freunde zwingend sympathisch sein? Fürs Erste ist es zu spät, und das Zweite ergäbe allenfalls eine Anekdote ohne Mehrwert, aber zumindest die letzten beiden sind eventuell brauchbare Geschichten, die werden jetzt schön mit der Füllfeder (nein, Sie, Billig-Lamy) in dieses herrliche Venedigbuch übertragen und demnächst erzählt, weil jetzt begrabe ich zuerst das schiache Moleskine im Notizbücher-Friedhof, R. I. P.

Mover und Shaker

Ich sitze mit dem Kollegen X, der gerade aus der Schweiz auf Besuch ist, im Finstern Stern, wir haben prächtig gegessen, Wein getrunken und uns den ganzen Abend über streng beruflliche Dinge unterhalten. Kein Mutterblabla, ich kann auch anders. Ich habe, ganz nebenbei, meine ungebrochene, wenngleich ruhende Blattmacher-Kompetenz durchscheinen lassen, journalistische Hochprofessionalität verströmt, Trittsicherheit auf den Gebieten Politik, Literatur und Philosophie bewiesen und insgesamt gezeigt, dass ich immer noch ein Mover und Shaker bin. Oder sein könnte, wenn mir danach wäre. Nebenbei habe ich dem Kollegen mit hellwachem Interesse gelauscht, an den richtigen Stellen blitzgescheite Kompaktkommentare deponiert, und wie gerade das Dessert abserviert wird, düdelt mein Telefon und es ist Mutter Urban, und sie braucht für ihren morgigen Kindergeburtstag mein super Tabuleh-Rezept.

Hierbei handelt es sich nun um die klassische „Kann ich dich morgen früh zurückrufen"-Situation, aber ich lasse keine Mutter am Abgrund eines Kindergeburtstags im Stich. Denn Mutter Urban hat, das sagt mir meine eigene Kindergeburtstagserfahrung, nach einem sauanstrengenden Tag in ihrer Arztpraxis heute schon zwei Schokoladenkuchen gebacken, glasiert und mit Smarties verziert (einen für den Kindergarten, einen für die Party), Geschenke eingepackt, kleine Sackerl mit nicht so schlimmen Süßigkeiten befüllt und Spiele vorbereitet, die sie morgen nach einem weiteren Tag in ihrer Praxis mit den Partygästen spielen wird. Topfklopfen u. a., und jetzt, um halb elf, stellt sie für die Mütter noch den Prosecco kalt und macht ein Tabuleh. Ich lasse Mutter Urban jetzt nicht hängen. Stör ich eh nicht, sagt Mutter Urban, und ich sag, nein, du, kein

Problem, also du hackst das ganze Gemüse klein und mischst es dann mit Couscous, doch, Bulgur geht auch, und nein, nicht vorher kochen, misch einfach den trockenen Bulgur mit dem Gemüse und den Kräutern, tu reichlich Olivenöl und Zitronensaft dazu, Salz und Pfeffer, und stell es über Nacht in den Kühlschrank, das saugt sich selber voll, ja, ganz von selbst, ganz ungegart, im Ernst, ehrlich, glaubs mir, und es wird dann auch nicht so pappig, sondern bleibt schön körnig.

Währenddessen schaut mich der Kollege X über den Tisch hinweg mit so einem Blick an, nippt ein wenig am Weinglas, intensiviert seinen So-Blick, und sagt, als ich das Handy wieder wegpacke, ah, Couscous. So so. Er hat übrigens ein so super Rezept für ein mit Couscous gefülltes Huhn, also. Und das schreibt er mir, während ich am Klo mein Antlitz kühle, mit meinem Fülli in mein venezianisches Notizbuch: Couscous (gegart! am besten mit Kräutern und Pilzen) in 1 totes Stubenküken füllen, mit Äpfeln, bisschen Leber (bös, aber gut: Gänsestopfleber) abdichten. Dem Küken ein paar Kräuter unter die Haut stopfen, bei 200 Grad schmurgeln, en Gueta.

Und ich möchte nicht sagen, der Abend ist ab dann im Arsch; sondern im Gegenteil.

So ruinieren Sie den Journalismus

Maria ruft an und sagt, sie glaubt, es heißt DIE Tabuleh. Philipp smst, es gehören aber unbedingt Rosinen rein. Mark mailt, schön und gut, aber ein Tabuleh sei doch schon eher ein Sommeressen. Die E. sagt bei der Geburtstagsparty vom D., danke, jetzt kann sie sich beim Tabulehmachen endlich das depperte Couscous-Einweichen ersparen, das hat sie eh immer so genervt.

Und sehen Sie, genau das ruiniert den Journalismus. Genau das korrumpiert die Journalisten, die Hunderte messerscharfe Hintergrundanalysen über politische Ereignisse in die Zeitung schreiben können, Tausende blitzblanke Blicke auf die Aktualitäten der Realität werfen oder in Millionen Kolumnenzeilen die diversen Elende in der Welt beprangern: Auf all das kriegt man kaum ein Reaktiönchen. Nichts, praktisch. Man ist wie gar nicht da. Aber schreiben Sie einmal ein Rezept in Ihre Kolumne, dann wird Ihre Existenz sogleich wohlwollend zur Kenntnis genommen, Sie werden unverzüglich Teil der Relevanz-Elite und man reißt sich darum, Sie vorstellen zu dürfen. Ahh, du bist die mit dem tollen Tabuleh-Rezept, freut mich! Ja, die bin ich; und nächste Woche veröffentliche ich ein knallhartes Coq-au-Vin-Rezept, extrem exklusiv, ich sage nur so viel: Weißwein.

Wenigstens wurde ich bei erwähnter Party gegen eins von einem Kabarettisten mit den Worten „Halloooo, bist du betrunken?“ begrüßt, und momentan gebrach es mir an den Mitteln, das mit pointiertem Protest zu kontern. Ich bin darauf nicht stolz und erwähne es lediglich, um den intensiven Küchengeruch mit jenem schlechten Atem zu überdecken, der von mir erwartet wird. Dennoch liegt die Wahrheit eher im Rezeptbuchregal, wenn auch nicht unbedingt letzte Woche.

Letzte Woche nicht: Party im Espresso, Auflegen im rhiz, noch eine Party im Espresso, Auflegen im Berfin. Am Samstag hütete ich dann den ganzen Tag mit einem Buch das Bett und stand nur am Abend kurz auf, um schnell ein Coq au Vin zu zaubern. Und die Kinder wollten helfen. Und es ist ja so wahnsinnig gut für Kinder, wenn man sie an so ganzheitlichen Produktionsprozessen wie der Essenszubereitung beteiligt. Und sie können ja so viel dabei lernen. Und es geht mir so auf den Zeiger.

Weil Kochen ist entweder ein konzentrierter oder ein kontemplativer Vorgang; beidem sind Kinder nicht zuträglich. Kinder stören beim Kochen noch mehr als Gäste, die unbedingt helfen oder reden wollen, während man gerade etwas sehr Sensibles sorgfältig auf den Punkt rührt. Ich bin gleich fertig, setz dich schon einmal! Ja, aber ich bin doch wegen dir da! Das freut mich, aber lass mich das schnell fertig machen, ich bin gleich bei dir. Aber wie geht es dir! Also, im Moment geht's mir so, dass ich dir, wenn du jetzt nicht dalli abzupfst, Facetten meiner Persönlichkeit präsentiere, die dir eine Prolongierung unserer Freundschaft verunmöglichen, und mein Coq-au-Vin-Rezept kriegst du auch nicht.

Und, nein, Sie schon gar nicht. Ich lass mich doch von Ihnen nicht korrumpieren, aber sicher nicht.

Lügner, elende

Ich will jetzt wirklich nicht ewig auf der Sache herumreiten, aber die Kollegen H. und T. wussten nicht, was ein Tabuleh ist. Bitte: Kurz gesagt handelt es sich beim Tabuleh um den Nudelsalat des 21. Jahrhunderts. Oder der Bobos, wenn man gern diesen Begriff strapaziert.

Und, doch, ich habe diese Woche auch Interessanteres erlebt, möchte aber nicht darüber sprechen. Auch nicht über das Kindertheater. Auch nicht über die erste Vorführung in der Zirkusschule, gerade weil es nett und beeindruckend war. Auch nicht über die spontan einberufene Kinderfaschingsparty bei den Schwarzens, denn klischeehafter können sich die Insignien eines für Mutter praktisch vollständig versauten Nachmittags nicht aneinanderketten (liegengebliebene Arbeit, Streit mit dem Langen, Langeweile, Frust, Prosecco, Magenübersäuerung, mehr Streit mit dem Langen). Das hatten wir schon, das hatten wir schon.

Die Geschichte wiederum, die Geschichte, die ich erzählen wollte, über Eltern, die Nicht-Eltern anlügen, geriet unfreiwillig irgendwie ketzerisch und verbissen missionarisch zugleich. Gefiel mir gar nicht mehr. (Es ging um ein Gespräch, das ich mit dem F. bei einem Mittagessen geführt habe, der hat auch ein Kind. Wir sprachen darüber, wie schwierig es ist, gegenüber Leuten um die Mitte vierzig oder fünfzig, die aus diesem oder jenem Grund keine Kinder haben, so zu tun, als wäre das eh prima. Also, keine Kinder zu haben. Als gäbe es fantastische Gründe, freiwillig kinderlos zu sein. Und dass wir das dann immer beflissentlich tun: die immensen Vorteile der Nachwuchsfreiheit aufzählen. Wir kommen uns nämlich keineswegs besser vor, nur weil wir welche haben! Wir sind ja keine Lebensentwurfsmissionare! Was wir sind: Lügner, erbärmliche

Lügner. In Wirklichkeit wissen wir keinen einzigen relevanten Grund, wieso es besser sein soll, keine Kinder zu haben. Ja, ja, wir kennen tausend Situationen, in denen Kinderlosigkeit von Vorteil ist, und man erspart sich furchtbare Ängste. Und wir halten es für einen groben, fatalen, mitleiderregenden Glücksverzicht, aus den oberflächlich bestechenden Benefizien dieser Situationen aus freien Stücken ganze Biografien zu zimmern; außer eben, es geht nicht anders.) Ich sagte ja: Nicht gut. Sektiererisch, gräbenaufreißerisch, deppert, schlecht. Beleidigend fast. Wenn man mittendrin, bei „Wir sind Lügner", aufhören würde, funktionierte das vielleicht, bleibt aber unvollständig … Man kann das nicht lässig dahererzählen.

Aber es fällt mir ein, als sich die Kinder am Sonntag durch die Wohnung spielen, trappeln und singen, irgendwas, eine Mischung aus im Kindergarten gelerntem und Selbstgedichtetem, in dem wie ein Mantra die Zeile „Ist das Leben schön" wiederholt wird. Ich liege im Bett und lese den neuen Nick Hornby, lausche den Kindergeräuschen, und draußen regnet es, und der Wind heult, und jeden Augenblick werden sie mein Zimmer stürmen, Hunger!, Durst!, fad! brüllen, aber im Moment, im Moment ist das Leben tatsächlich unversaut schön.

Selber schuld, Mutter

Mittlerweile wurden mir ungefähr 286 Gründe zugetragen, warum es super ist, keine Kinder zu haben. Einige davon stammen von Horwaths kinderlosen Freunden, die, wie mir der Horwath überbrachte, recht angespeist seien über meine letzte Kolumne. (Äh, tja, sorri. Ich weiß, das tut man nicht. Ich weiß, das war ein Bruch des Geheimvertrages zwischen Kinderlosen und Bekinderten.) 62 Gründe mailte Leser Simon F., der in der Gnade der Kompetenz steht, denn er hat drei Kinder. (Grund 2: Weil man Schlaf NICHT für überbewertet hält. 17: Weil man Familienferienclubs hasst. 28: Weil man nach der Arbeit Ruhe braucht. 29: Weil man Spongebob hasst. 34: Weil man eine saubere, ordentliche Wohnung schätzt. 41: Weil man nach einer Trennung die Chance auf einen Neuanfang haben will. 42: Weil man gerne einmal auf ein Jahr verschwinden will, bevor man alt oder tot ist. 50: Weil man die Freiheit haben will, zu seinem Chef „Sie Riesenarschloch" zu sagen und zu kündigen.)

Auch von mir fiel während des Nähens von zwei Dschungeltier-Kostümen die Mutterschaftsverklärung vorübergehend vollständig ab, und ich darf die Liste wie folgt ergänzen: 287: Weil man keine Affen-Kostüme nähen muss. 288: Weil man keine Panther-Kostüme nähen muss, bis kurz bevor man auf das Konzert (289: Weil es nichts ausmacht, wenn ein Konzert erst um elf anfängt und um eins aufhört) vom Rotifer geht, das lässigste Konzert, das ich seit langem gesehen habe. Was nicht nur am Rotifer und den fabelhaften Songs von seiner neuen CD lag, sondern auch an den Kollaborateuren Molden, Stootsie und dem großartigen Robert Wolf von Chuzpe, wer sich erinnert, aber derzeit erinnern sich ja alle nur an den unvermeidlichen Falco. Andere Geschichte.

Mit den Kostümen haben mich die Mimis gelinkt (290: Weil man nicht von Fünfjährigen gelinkt wird). Zwei Mal war ich beim Komolka (Zwei Meter von dem da, bitte. Bär? Nein, Gorilla), um Material zu besorgen zur Verfertigung der, laut Mimis, für das Kindergarten-Faschingsfest zwingend vorgeschriebenen Dschungeltier-Kostüme. Natürlich sagen sie mir im Kindergarten am Tag des Fests, dass ein bisschen dschungeltierfarbenes Gewand völlig gereicht hätte. Eh klar. Und: Selber schuld, Mutter. Vielleicht hättest du 2004 nicht die Parole ausgeben sollen, es sei unsportlich, Faschingskostüme fertig zu kaufen. Du Idiotin, du.

Als wäre stundenlange Fronarbeit nicht genug Strafe für unerbetenes Maulaufreißen, schweben jetzt noch immer Millionen feiner Polyesterhärchen durch die Wohnung und machen die ganze Familie ununterbrochen niesen. 291: Nein, Schluss jetzt. Die große amerikanische Umarmung, wie sie am Ende der mieseren Serien-Ware immer alle Menschen eint und alle Probleme löst, ist hier nicht lieferbar: Simon F. mag mir widersprechen, aber tatsächlich sind auch 5000 gute Gründe nicht imstande, meine Meinung über das Kinderkriegen zu ändern. Aber ich behalte sie jetzt einfach einmal ein Zeitl für mich.

Solche Männer braucht das Land

Der Horwath hat eine neue Brille: eine überaus eindrucksvolle Brille. Eine schöne Brille, in der Tat, in erstklassiger Qualität von Cutler and Gross in London, UK, gefertigt. Die Brille steht dem Horwath hervorragend. Wenn Sie dieser Tage einen Mann mit einer Brille erblicken, das ist der Horwath: Sie wissen es, wenn Sie ihn sehen. Ein missgünstiger Mensch mag einwenden, die Brille sei für übliche Brillenverhältnisse irgendwie viel, aber ich entgegne, dass sie zwar viel, für ein Charakterantlitz wie jenes des Horwath aber keinesfalls zu viel ist. Wenn Sie den Horwath mit seiner neuen Brille sehen: Es wird Sie kein Zweifel darüber anhauchen, dass der Horwath ein furchtloser Kerl ist, ein Mann, der das Neue, und sei es auch fremd und ungewohnt, unerschrocken antizipiert, und so, genau so, wollen wir die Männer haben.

Vielleicht müsste ich dem Kollegen Dings ein Foto vom Horwath zeigen und sagen: Schau, Kollege, wenn der Horwath diese Brille mit Stolz tragen kann, kann ein Kerl wie du sich auch iTunes von einem Weib installieren lassen, ohne dass ihn eine spontane Rückgraterweichung niederstreckt. Denn der Kollege, ein totaler Pop-Auskenner, kennt iTunes nicht. Täglich biete ich dem Kollegen an, ihm das schnell herunterzuladen, täglich wird das Angebot aggressiv ignoriert.

Denn wie einst der Lange, der ähnlich dem Dings bei allen technischen Sachen eine totale Semmel ist, beharrt auch der Kollege darauf, dass er so etwas wie iTunes definitiv nicht braucht. Ich weigere mich, sprach der Kollege, mich mit Musik zu beschäftigen, die aus einem scheppernden Computerlautsprecher kommt und datenmäßig runterreduziert is. Eh. Heruntergeladene Musik, sagte der Lange, ist etwas für Leute, die Musik nicht hören, sondern nur konsumieren. Eh.

Menschen mit iPods. Ja, du. Menschen, die nicht die Eier haben, ihre Wohnungen mit CD- und Platten-Regalen vollzustellen. Du hast ja so recht, Schatz. Menschen, die … was: Soll das heißen, ich kann jetzt hier von jedem Song, über den ich im „Uncut" oder im „Wire" gelesen habe, gratis dreißig Sekunden anhören, einfach so? Ja. Und ich kann hier meine CDs hineinspielen und neue Sampler zusammenstellen? So ist es. Und ich kann von einer CD nur einen einzigen Song kaufen, wenn ich den Rest der CD kacki finde? Ja, kannst du. Und wenn ich hier oben einen Songtitel, sagen wir einmal, jetzt nur zum Beispiel, „Too Drunk to Fuck" eingebe, dann kommen alle Versionen, die davon je aufgenommen wurden? Die meisten. Aber ich brauche das eigentlich nicht, nur dass du es weißt. Ist mir klar, Schatz.

Die Geschichte von des Langen Affirmation des 21. Jahrhunderts beeindruckt den Kollegen selbstverständlich kaum: Dass man der letzte aufrechte Modernitätsverweigerer ist, bedeutet ja nicht, dass man nicht recht hat.

Sollten Sie zufällig dieser Tage den Horwath oder den Kollegen Dings treffen: Zeigen Sie ihm, dass es Männer wie ihn braucht. Doch, das gilt für beide.

Das war zuverlässig der Horwath

Ich bin mit dem Sedlacek zum Frühstück verabredet, und zur Begrüßung sagt er, das sei jetzt schwer zu glauben, aber er hat vorhin auf der Straße einen großen Mann mit einem Kind im Genick und Brillen wie zwei kleinen Fernsehern gesehen, war das vielleicht der Horwath? Das war zuverlässig der Horwath. Coole Brille, sagt der Sedlacek, sehr einprägsam. Sagte ich doch, sage ich, wie geht es dir? Einen doppelten Espresso und ein großes Glas Wasser, sagt der Sedlacek, nein, zum Essen nichts.

Es geht dem Sedlacek gut. Der Sedlacek ist zufrieden. Naja, bis auf die Weiber. Aber über die Auftragslage kann sich der Sedlacek nicht beschweren. Es ist natürlich anstrengend. Diese Woche war er schon in London, letzte Woche in Kopenhagen und in Mailand und vorletzte Woche in Hongkong. Und die ewige Fliegerei macht dir nichts aus?, sage ich. Nein, sagt Sedlacek. Ich flieg nicht mehr gern, sage ich. Ich bin auch nicht gern länger als zwei Tage weg von der Familie, es ist wie früher, als Kind, ich bekomme Heimweh. Echt, sagt Sedlacek. Ja, sage ich, wie damals im Jungscharlager: Weißt du, der Schmerz ist nicht kleiner geworden, nur die Person rundherum größer. Der Sedlacek schaut mich mitleidig an und sagt (wie immer ohne den geringsten Sinn für Poesie), das findet er einen pathetischen Scheißdreck und eine wirklich geschissene Ausrede dafür, dass ich zu faul bin, den Hintern von meinem gemütlichen Sofa hochzukriegen und meinen Blick einmal ein bisschen weiter als nur bis zu meinen Kindern und meinen Sprossenfenstern zu richten und vielleicht noch bis hinüber zu den Nachbarn, ich hab übrigens gehört, die Anna zieht vis-à-vis von dir ein? Richtig, sage ich; übrigens, hast du zugenommen?

Sedlacek sagt, dass das jetzt ein bissl saubillig war (was stimmt, und ich entschuldige mich), und er ist sowieso am Abnehmen. Schaust eh gut aus, sage ich, jetzt ehrlich. Na, sagt Sedlacek, die Mutter Urban, bei der er wegen seines selbstdiagnostizierten Verdachts auf Haarwurzelkrebs war (warum sind eigentlich alle meine Freunde, bis auf den Horwath, totale Hypochonder?), habe ihm auch gesagt, er wird ihr ein bissl zu blad, er soll jetzt bitte vorübergehend nicht mehr ins St. Josef oder in die Stadt Krems Mittagessen gehen, sondern ins Schon Schön oder ins Mono oder auf ein Süppchen ins Sapa. Ist es nicht fein, sagt Sedlacek, eine mit den eigenen Lebensumständen vertraute Bobo-Ärztin zu haben, die einem nicht nur sagt, was man nicht essen soll, sondern auch, wo man es nicht essen soll. Die Mutter Urban habe ihm auch gesagt, dass er vielleicht endlich einmal eine Gesundenuntersuchung oder wie das jetzt heißt machen soll: Also hatte ich vermutlich recht mit dem Verdacht, sagt der Sedlacek, und die Urban will es mir nur nicht so direkt sagen. Was für ein Verdacht, sage ich. Der Haarkrebs, sagt der Sedlacek, und da links, in der Lebergegend, stimmt eindeutig auch was nicht, das sticht schon seit Wochen, und ich sag, Sedlacek, du bist ein Vollidiot, die Leber ist übrigens rechts. Apropos Leber, warst du aus gestern?, sagt Sedlacek, ja, sage ich, zufällig mit Mutter Urban, und ich habe gefühlte 45 Spritzer getrunken. Und man sieht dir jeden Einzelnen davon an, sagt Sedlacek.

Danke für eine Information, die ich schon hatte. Und natürlich sieht Sedlacek nicht die 200 oder so Spritzer, die ich nicht getrunken habe, während ich davor an acht Abenden hintereinander daheim auf meinem Sofa geklebt bin: yo ho ho, und ein Kännchen voll Tee. Ach ja, Herr Ober, einen grünen Tee bitte, magst auch noch was?, und Sedlacek sagt, nein.

Bleib lieber sitzen

Wichtig ist, dass immer genug Essen im Haus ist. Das habe ich von meiner Mutter gelernt, die ihr Leben der Aufgabe gewidmet hat, Leute zu füttern. Falls bei uns plötzlich das gesamte Viertel vollzählig auftaucht, weil, ich weiß nicht weil warum, aber falls: kein Problem für uns, es ist genug für alle da. Der Kühlschrank ist voll, das Tiefkühlfach ist voll, und das Vorratsregal ist voller lang haltbarer Nahrungsmittel, aus denen sich schnell 33 bunte Menüs aus drei Kontinenten zaubern lassen. Ist vielleicht etwas Genetisches.

Dennoch bringt mich die letzte Woche an psychische und phyische Grenzen. Am Montag finden wir, wir hätten die Horwaths zu lange nicht gesehen, also kommen sie zum Essen. Am Dienstag bitten wir die Breusses an unseren Tisch. Am Mittwoch haben die Mimis zwei Freunde zum Spielen zu Besuch, die von ihren Müttern wieder abgeholt werden, und das eine oder andere Glaserl und ein Teller Nudeln geht sich immer aus, auch für die Mutter von der Janine, die um halb sieben gleich gehen muss, und um neun muss ich sie aus der Tür treten. Ein Freund vom Langen, der etwas Ausgeborgtes zurückbringt, sitzt am Tisch und trinkt Bier. Am Donnerstag sind die Kinder bei den Breusses Film schauen, und wie ich sie abhole, bette ich mein Haupt auf ihren Küchentisch und sage, es tut mir leid, ich kann diese Woche keinen Sprudelwein mehr trinken, ich kriege eine Magenverätzung. Die Breussin sagte, dass etwas Derartiges wie eine Magenverätzung nicht existiert, ich soll die Hand von meinem Glas wegtun. Um halb neun muss sie mich aus der Tür treten. Am Freitag sperre ich die Tür doppelt zu und stelle die Klingel ab.

Am Samstag sind wir bei Künstlers eingeladen. Lauter gescheite, vorwiegend im Kreativbusiness tätige Leute stehen in

Grüppchen herum und reden engagiert und ausschließlich über ihre Kinder. Jedenfalls soweit ich das beurteilen kann, aber vermutlich bin ich das Nilpferd, das jede intelligente Konversation in den Dreck des Banalen stampft. Wahrscheinlich würden sie, wäre ich nicht dabei, differenziert über die Wahl in Amerika und den deutschen Steuerskandal oder über den Falco-Film sprechen, aber während sie das nicht tun, wirken sie glücklich. Dann erscheint der Kunst-Star, kinderlos soweit ich weiß, und wir sprechen sofort differenziert über die Wahl in Amerika, den deutschen Steuerskandal und den Falco-Film, und es ist insgesamt sehr schön.

Und am Sonntag gehen wir … Warten Sie. Weil am Freitag hat die Osteopathin der Anna nach fünf Jahren Behandlung gesagt, sie braucht jetzt nicht mehr kommen. Sie ist fertig mit der Anna, es gibt an der Anna nichts mehr zu verbessern. Und am Sonntag geht die Anna mit mir und den Mimis, die das nicht können, eislaufen. Am Montag ruft die Anna die Osteopathin wieder an, wegen einem Termin, dringend, wenns geht. Ich brauche bitte auch einen, weils mich auf die Hüfte geschnalzt hat, aber so. Au: Das passiert, wenn man sich zu weit vom Küchentisch entfernt.

Ich hör ihn schon

Ah, der Frühling ist da. Ich kann ihn hören. Andere werden vom Frühling mit knospenden Bäumen, blühendem Krokus und zarten Schneeglöckchen überrascht, mich begrüßt er Jahr für Jahr mit einer Schimpfkaskade vor der Wohnungstür. Myriaden verbotener Wörter, die die Kinder, ich sehs ihnen an, gleich gierig in ihren Wortschatz eingemeinden: Himmelherrgottsackkruzitürkendugrauslichedummefut. Der Lange pumpt sein Fahrrad auf: Der Frühling ist da. Gleich werde ich, wie jedes Jahr, hinaus vor die Tür gehen, gleich werde ich dem Langen, wie jedes Jahr, erklären, wie man ein Fahrrad aufpumpt; gleich werde ich sein Fahrrad aufpumpen. Aber erst will ich noch das Glück genießen, dass jetzt endlich Frühling ist. Bald wird es sprießen, blühen, duften. Der Frühling ist da, ich hör ihn schon.

Später stehen wir vor dem Schuhgeschäft. Ich sage, Langer, du brauchst nicht mitkommen. Der Lange brummt. Ich sage, Langer, komm nicht mit, das macht dich nur narrisch, wenn vier Weiber durch ein Schuhgeschäft wuseln, geh doch derweil Hemden schauen. Der Lange sagt, er geht jetzt einmal mit rein.

Denn der Frühling ist da, die Kinder brauchen neue Turnschuhe. Oma, die auch mit ist, will sie unbedingt bezahlen, was zu autonomiepolitischen Komplikationen führen kann. Auch deshalb war ich schon gestern zu Sondierungszwecken hier; habe alles aussortiert, was nicht wasserdicht oder anders unvernünftig ist. („Unvernünftige Schuhe dürfen nur Menschen über einen Meter 65 haben, die für ihre Blödheit vollumfänglich selbst bezahlen, also ich zum Beispiel“: aus einer Rede an mein Volk.) Ich weiß schon, welche von den vernünftigen dem einen Kind zuverlässig gefallen werden, und bei welchen das andere umstandslos in bittere Tränen ausbrechen wird, weil solche entwürdigenden Schuhe auch nur in Erwägung gezogen werden. Ich bin vorbereitet.

Bevor ich „also“ sagen kann, wuselt die gesamte Familie bereits durch die Kinderschuh-Abteilung und stemmt begeistert Schuhähnliches in die Höhe, in dem ein Kinderfuß schon herumschwimmt, wenn es von einem Tröpchen Morgentau zart genetzt wird. Was ist mit denen! Den Mimis, die nicht lesen können, verzeihe ich das, der Oma und dem Langen nicht, denn die sind der Schrifterfassung mächtig und überdies instruiert, nur Schuhe in die Auswahl aufzunehmen, an denen ein eindeutiges Dingstex-irre-wasserdicht-Schildchen baumelt. Der Lange: Hallo, was ist mit denen! Die nervige Mutter: Sind sie wasserdicht? DL: Weiß nicht. DNM: Hängt ein Schild dran? DL: Äh, nö. DNM: Dann: nein. DL: Du brauchst jetzt nicht gleich hysterisch werden.

Will ich aber. Zum Glück bringt der Frühling dieser Familie (jetzt außer Oma) etwas gänzlich Unerwartbares, nämlich ein gemeinsames Lieblingslied, „Time to Pretend“ von MGMT: Nochmaaaal! Lauter! Verrückt schön. Gleichzeitig Headbangen und das Herz festhalten, weils einem das sonst herausreißt. Frühling wirds: Ich spür ihn schon.

And the rest will eventuell follow

Weil gerade Frauentag war, und weil ich gerade im „Zeit-Magazin“ eine Geschichte über moderne Familien gelesen habe, und weil auf fm4.at gerade eine Feminismusdebatte läuft: Also, da werden junge Frauen zitiert, die sagen, dass es diesen Feminismus nicht mehr braucht, weil die jungen Männer eh super sind und man alles kriegt, wenn man es nur will. So ähnlich habe ich, als ich etwa in dem Alter und unbekindert war, auch geredet, mit Inbrunst, weshalb mich die Hofinger bis heute Postfeministin schimpft: Aber, Hofingerin, du verwechselst mich mit jemandem aus den Neunzigern. Außerdem war ich keine Postfeministin. Ich war Neofeministin: Ich hielt den Feminismus nicht für überwunden, er war mir nur zu aus der Mode, den wollte ich genauso wenig anziehen wie Omas Kittelschürzen, nützlich hin oder hier. Ich wollte einen anderen Feminismus: nicht weniger kämpferisch, aber lässiger, mit mehr Rock'n'Roll.

Doch nach wie vor respektiere ich das vorsätzliche Ignorieren von Emanzipationspipapo als bewussten feministischen Akt, in dem Sinn: Die Beschäftigung mit solchen Problemen bremst mich nur, ich tu lieber so, als sei alles o. k. und schaffe damit Alles-ist-O. k.-Tatsachen. Free your mind and the rest will follow: so. Bloß wird man, wenn man Kinder kriegt, stärker mit der Tatsache konfrontiert, wie sagenhaft unerfüllt die Forderungen des alten Feminismus noch immer sind. Diese „Zeit-Magazin“-Geschichte: Es geht um junge Familien, in denen Mutter wie Vater beidbeinig in schickem Beruf stehen. Die Geschichte ruft: Da, schaut! Es geht ja! Man muss nur wollen! Gegen Ende stellt sich heraus, dass eigentlich in allen Fällen hauptsächlich Mutti neben ihrer schicken Arbeit auch noch den Familienladen schupft, und zwar so, dass Papi glaubt, er schupfe voll mit. Was nicht der Fall ist; worüber man aber, da ja alle inkl. Mutti urglücklich sind, großzügig hinwegsieht.

Fast alle Familien in meinem Freundeskreis probierens ernsthaft mit der Gleichberechtigung, und in allen gibt es eine Menge Ärger. Bei uns zum Beispiel ist es so, dass der Lange eben gerade mit den Mimis im Lainzer Tiergarten die Sonntagssonne nicht genießt, denn er ist angespeist, weil ich nicht mit bin. Ich sitze daheim am Schreibtisch und arbeite; darüber ist er unfroh. Hätten wir keine Kinder, wäre es egal, dann würde er im Schlafzimmer die Rollos dicht machen und zum Sound von „Germany's next Topmodel" mit den „Wohlgesinnten" in Stalingrad einmarschieren. Ich würde mich nicht wie eine Familienidyllensaboteurin fühlen, sondern wie eine taffe Neofeministin beim Vorantreiben ihrer Karriere, die Hürden des Patriarchats leichtfüßig überspringend, den Blick stur nach vorne gerichtet, in eine strahlende Zukunft. Danach würde ich zwei Stunden baden und mir die Fußnägel lackieren. Ich würde nicht extraflott arbeiten, damit ich, bevor sie zurückkommen, noch die Küche aufräumen, die Wäsche aufhängen und ein Süppchen für die Kinder kochen kann, als Beweis meines guten Willens. Ja: Wir kriegen es hin, aber wir kriegen es nicht umsonst.

Oder nach dem Alphabet

Der Urban hab ich den geplanten Kinobesuch abgesagt, denn ich musste meine Bücher sortieren. Wie langweilig kann man eigentlich werden? Das hat sich, glaub ich, auch Sedlacek gedacht, neben dem ich auf Mizzis Geburtstagparty zu sitzen kam: Wir stießen auf Mizzi an, ließen uns von Anna in inniger Umarmung fotografieren und erinnerten uns mit sentimentalem Gegrinse daran, wie wir einmal fast … aber nur fast. Den Großteil meines Konversationsanteils befüllte ich mit kleinen Schwänken aus meinem Leben, die nur unzureichend davon abzulenken vermochten, dass es von meiner Existenz nicht viel zu berichten gibt, außer Langweiliges. Also langweilig für Mover und Shaker wie Sedlacek, die ein Leben voll beruflichem Abenteurertum, gesellschaftlicher Risikobereitschaft und sexueller Ausschweifung im In- und Ausland führen. Und auch wenn ich von früher weiß, dass das oft spannender klingt, als es ist, und immer aufreibender ist, als einem guttut, fühlte ich mich neben Sedlacek, ich weiß nicht, teigig vor Normalität. Wie jemand, der 38 Versicherungen auf seinen Namen laufen hat und gerade einen Doppelcarport baut. Langweilig, langweilig, langweilig. Langweilig.

Es ist eine Sache, mit Sedlacek zu frühstücken und ihm die organisatorischen Höchstleistungen auseinanderzusetzen, die man als berufstätige Mutter, empathische Partnerin und Frühstücksmuse interessanter Kerle so erbringt: Das haut hin an einem Montag um neun im Kaffeehaus. Aber es ist etwas anderes, wenn man bei der Party auch nach dem sechsten Achterl nichts Aufregenderes als das zu erzählen hat, keine geheimen Bonustracks nach den ganzen Mutti-Nummern, nichts: nur aufgewärmte Kamellen. Tatsächlich vereinfacht einem solche Geheimnislosigkeit das Dasein 166 Stunden die Woche und macht einen grundsätzlich froh und den Schlaf tief, aber es gibt diese paar Augenblicke, wo man sich in dieser patenten Zufriedenheit einfach nur abgrundlos fühlt. Versteinert und taub.

Die Frage wäre dann aber, ob man sich unter Einsatz aller Kräfte gegen die Verödung der Biografie wehren sollte (Sedlacek findet: unbedingt), oder ob man sich besser in sein Schicksal fügt, die Tatsachen, wie sie nun einmal sind, akzeptiert und sich einfach darüber freut, dass man jetzt Roths „Menschlichen Makel“ findet, wenn man ihn braucht, weil die Bücher endlich sortiert sind. Alphabetisch nach Autoren übrigens, was der Buchhändler gegenüber dem Langen spontan einen Scheidungsgrund nannte. Einmal abgesehen davon, dass ich Männer, die ihre Badezimmer ersatzlos zu Bibliotheken umwidmen, zwar intellektuell charmant, für eine Ehe mit mir aber mindergeeignet finde, teile ich die Welt, im Unterschied zu früher, als ich jung und beruflich auschweifend war, nicht mehr danach ein, ob einer seine CDs nach Themengebieten (gut) ordnet oder nach dem Alphabet (meinerseel). Ich würde mich zur Not jetzt auch mit einem Alphabetischen unterhalten. So weit ist es mit mir gekommen, Sedlacek, so weit.

Fick deine Mutter

Diese Woche brachte die erfreuliche Nachricht, dass die Mimis einen Platz an dieser kuscheligen, kleinen Schule haben. Es sind dort alle sehr nett und engagiert, und pro Klasse gibt es, schätze ich, ungefähr zwei Ausländer, Schweizer oder Dänen oder so, deren Eltern vermutlich im Management eines Bio-Food-Distributors arbeiten. Oder bei der UNO. Wir haben den Kindern auch realitätsnähere Schulen gezeigt, mit rauchenden, kraftwörterspuckenden Hauptschülern am Schulhof, in die sie trotzdem nicht wollten. Zugegeben, es ist leicht, zwei Sechsjährige dazu zu kriegen, unbedingt an die kleine, engagierte Schule zu wollen, wenn sie dort beim Tag der offenen Tür zehn frühere Kumpels aus dem Kindergarten in den Klassen treffen und die Kinder der Freunde, der Nachbarn und anderer bildungsnaher Eltern, die ihren Nachwuchs ebenfalls gern an einer kuscheligen, kleinen, engagierten Volksschule ohne gewaltaffine Vierzehnjährige wissen.

Und wo das schlimmste Wort, das die Erstklässler nachhause bringen, etwas ist wie wie wie … wie Nutella. Mama, was bedeutet das: Nutella? Das, Kind, ist ein ganz böses Zucker-Fett-Gemisch, das sich das Kaloriat aufs Brot schmiert, pfuipfuipfui! Die Tochter von Freunden, die nicht in die kuschelige, kleine Schule geht, lernte in ihrer dritten Schulwoche einen wohlklingenden kroatischen Ausdruck, den sie ihrer Erziehungsberechtigten bereitwillig mit „Fick deine Mutter" übersetzte. Man soll das positiv sehen; hier lernt das Kind das Grundvokabular zum Überleben im globalisierten Turbokapitalismus, das kann es einmal brauchen.

Das wird unseren vorenhalten; ja, feig: Man ist ja Ex-Subkultur, Ex-Unterhaltungschemie, Ex-Headbanger, Ex-Rebell. Was heißt: Tief im Herzen ist man doch immer noch irgendwie

Rebell, braucht bloß nicht mehr jeder gleich zu sehen. Man ist bio und öko, so guts geht, man lässt die Kinder nicht fernsehen und nicht computerspielen, um ihre Kreativität nicht zu ruinieren und sie nicht schon jetzt der Werbung auszuliefern, man gibt Bettlern nichts, weil Bettler von Banden ausgebeutet werden. (Man lässt lieber von einer untadeligen wohltätigen Organisation abbuchen, die das Geld vernünftig verteilt: Das erklärt man den Kindern, und die Kinder erklären es den Bettlern, und auch die Straße wird zu einem Ort permanenter Demütigung.)

Hat man aber voll und ganz verdient. Man reißt ja immer 's Maul auf, wenn die offene Gesellschaft Thema ist, und beschwört einen gesunden, realistischen Multikulturalismus. Man ist ein verlogener Scheißdreck, weil kaum geht es um die eigenen zarten Sechsjährigen, möchte man die, wenns leicht geht, doch lieber möglichst lange nicht der Welt der rauen Sitten aussetzen, der Verdrängswettbewerbsgesellschaft, wo immer nur das Gesetz der Stärkeren gilt: Man hat sich da bereits ein schönes Verteidigungssprech-Repertoire angelegt.

Ja ja: Wir schimpfen uns ja selber Spießer. Wenn uns schon wieder niemand widerspricht, weinen wir kurz ins Kopfkissen. Ganz kurz nur, weil: traurig, tja, wirklich; aber diese Schule, bitte: echt nett.

Das stimmt eigentlich

Der Kollege Dings, der all meine Offerten, ihm schnell iTunes zu installieren, mit aggressivem Schweigen beantwortet hat, schreibt mir ein Mail: Er möchte sich so ein winziges Kasterl kaufen, wo man Musik hineinzaubern kann, er brauchts zum Laufen. Ob ich ihm sagen kann, wie das funktioniert. Ich mail ihm zurück, ich kann, ob ich schnell hochkommen und ihm iTunes installieren soll. Dings mailt, er will kein blödes iTunes, er will in einen iPod Songs von seinen CDs einitun, weil die Scheißindustrie keine Kassettenwalkmen mehr herstellt. Ich mail ihm, iTunes also, und der Dings, IQ irgendwo im Bereich 140 plus, mailt, ich soll ihn mit so einem neuen Mist in Ruhe lassen, er kann nicht einmal den Senderspeicher vom Autoradio. Ich mail ihm: Wenns der Lange kapiert, kapierst es auch du. Der Dings mailt, er hasst hasst hasst aber Songs in Digitalarschqualität, und dann gehe ich rauf und lade dem Dings iTunes herunter, während er zickt wie eine Jungfrau, weil er das nicht will und nicht braucht und das oberablehnt, aber er sieht dann ein, dass ers effizienter in Grund und Boden verdammen wird können, wenn er weiß, warum.

Aber ich hab ja eh sonst nichts zu tun. Ich muss ja nur, wegen eines Zürich-Trips, jede Menge vorarbeiten, mit einem Kind zum Fädenziehen, mit beiden zum Zahnarzt (und der Belohnung für die Qualen wegen in den Spielzeugladen), dazu ein Essen für Haemmerli organisieren, der ausgerechnet vor meinem Zürich-Trip einen Wien-Stopp einlegt, und dafür diesen Papiermüll-Container, in dem wir hausen, wieder in etwas verwandeln, das annähernd wie eine Wiener Altbauwohnung wirkt. Das hat man davon, wenn man die Kinder weder fernsehen noch computerspielen lässt, um ihre Kreativität nicht zu ruinieren: Dann sind sie kreativ, meine Herren, in jedem

Winkel der Wohnung sind sie kreativ. Und ich versage in zwei Mutter-Sachen auf ganzer Linie. Ich kann nicht frühstücken. Und ich kann nicht die Kinder zum Aufräumen überreden. Und selber räum ich ihren Kramuri erst weg (o. k.: drei), wenn ich mir eine Kreativverletzung zugezogen habe oder wenn einer wie Haemmerli kommt.

Auf jeder Ex-Freifläche der Wohnung kleben, hängen, stapeln sich Papierfaltgebilde, Bügelperlenkunstcollagen, Kartonvögel mit Brieflein im Schnabel, selbstgemalte Yu-Gi-Oh-Karten, Gameboys und Powerranger-Pistolen aus Pappe, Knoblauchkörbchen-Betten für Playmobilpiraten, mit Tixo zusammengepickte Jeans-Designer-Anzüge für Fashionista-Kuschelhasen, Klorollenschmuck. Wunderschön, Kind, ssssuper! (Wohin damit.) Scheren, Stifte, offene Kleberflaschen. Kaputte Klammerapparate, leere Druckerpatronen und was sie sonst aus meinem Mülleimer retten konnten. Wurstbrote in unterschiedlichen Stadtien der Verwesung. Und während ich, um Haemmerli über den wahren Charakter meiner familialen Existenz im Unklaren zu belassen, den Flur bereinige und den Strickkorb verstecke, entgehen mir elf Mails vom Dings, betr: ?!?itunes, und das macht nichts.

Das kam nicht gut an

Das ist eine glückliche Familie auf Fahrrädern, Vater, Mutter, Kleinkind, sie strahlen, das Kind winkt, sie lachen, und das sehe ich alles nicht. Ich sehe: Das Kind trägt keinen Helm, und ich will rufen: Verantwortungslos! Total verantwortungslos! Aber ich habe das einmal bei den Finks gemacht, als sie das Kind für eine Strecke von 200 Metern oder so nicht angeschnallt haben, und das kam nicht gut an. Auch Vater Breuss verdreht periodisch die Augen, er sagt, ich muss mehr Vertrauen zu meinen Kindern haben, weil ich tendenziell hysterisch werde, wenn die Kinder am Rande eines Hundert-Meter-Abgrunds Fangerl spielen. Der Breuss sagt, ich übertrage meine eigenen Ängste auf meine Kinder, und das kann schon sein, aber erklär das einmal einer, die mit fünf von einem Auto überfahren wurde. Das hat relativ hohes Angstübertragungspotenzial, was soll ich machen.

Vielleicht hat auch mein Herumgeeiere mit der Schule der Mimis mit alten Traumata zu tun. Aber, na: Denn die Fremdenfeindlichkeitsvorwürfe, die wenig überraschend nach meiner Schulkolumne prasselten, könnte ich leicht mit dem Hinweis auf meine beste Freundin zwischen drei und zehn (griechisches Gastarbeiterkind!) neutralisieren. Zu billig.

Aber: Es ist überhaupt nicht so, dass ich meinen Kindern die Gesellschaft ganz normaler Ausländerkinder – oder, wie man jetzt sagt: Kinder mit Migrationshintergrund – ersparen möchte. Ganz im Gegenteil würde ich es sogar begrüßen, wenn die kuschelige kleine Schule einen wesentlich höheren Anteil davon hätte, bis zu fünfzig Prozent ist fein mit mir. Von dem her hat mir auch die andere Schule, in die die Mimis nicht wollten, prima behagt, dort ist das nämlich etwa so. Was mir nicht behagt hat, war erstens der Cola-Automat in der

Halle, zweitens die Sitten am Schulhof, die davon dominiert sind, dass dieser Volks- auch eine Hauptschule angeschlossen ist. Es folgt bekanntes sozialpolitisches Pipapo: Denn in der Hauptschule gibt es, weil die bildungsnahen Förder-Eltern ihre Kinder längst ins Gymnasium aussortiert haben, einen übermäßig hohen Anteil an Kindern von Eltern (mit oder ohne Migrationshintergrund), die keine Zeit, nicht die Voraussetzungen, keine Lust haben, ihre Kinder außerhalb der Schule zu fördern und sich mit ihnen zu beschäftigen. Worauf viele dieser Kinder in ihrer Freizeit vor dem TV und dem Computer verwahrlosen, mit negativen Konsequenzen für die Sitten am Schulhof.

Was ich für ein wesentliches Argument halte, warum eine Gesamtschule hermuss. Damit die Mischung und der Austausch von geförderten und weniger geförderten Kindern möglichst lange stabil und ausgeglichen bleibt, weil das für beide Seiten gut ist.

Es wäre mir nämlich sogar sehr recht, wenn meine Kinder von ihren Schulfreunden ein bissl Serbokroatisch, Türkisch, Hausa und Tschechisch lernen. Es wäre mir aber auch recht, wenn das nicht nur frauenfeindliche Kraftausdrücke wären.

Böse, alte Hexe

Man sollte viel mehr ans Altwerden denken. Wenn sich die Jungen öfter das Altsein vorstellen würden, hätten nicht so viele Alte so ein Scheißleben in Pflegeheimen, wo nachmittags um sechs die Rollos dicht gemacht werden, damit man um sieben nicht mehr so viel teures Personal braucht. Das nur, weil sich Sedlacek darüber verwundert zeigte, dass ich eine relativ klare Vorstellung davon habe, wie ich meinen Lebensabend zu gestalten trachte, nämlich als schrullige Hexe mit ein paar dreckigen Hennen in einem schiefen Haus in einem weltvergessenen Kuhkaff. Wenn ich mit den schrulligen alten Horwaths, die im selben Kuhkaff von derselben moldawischen Pflegerin betreut werden, nicht gerade übers Kreuz bin, werden wir uns am Küchentisch darüber beklagen, dass uns unsere Enkel nie besuchen kommen, und darüber, dass wir schon wieder eine neue moldawische Pflegerin finden müssen, weil die aktuelle das Kuhkaff und uns schon wieder keinen Tag länger erträgt. Sedlacek sagt, ich spinne.

Aber vielleicht blicke ich dem Alter deshalb derzeit offenen Sinns entgegen, weil es mir gerade noch gelungen ist, meine galoppierende Frühvergreisung abzustoppen. Meine Freundinnen haben sich schon Sorgen gemacht, aber seit ich einmal wieder in die Prä-Mimi-Jeans passe (voraussichtlich übernächste Woche werde ich damit auch sitzen können) und Sätze mit den Worten „Wie ich unlängst im Flex-Café aufgelegt habe" (alternativ: „im rhiz") beginnen kann, hat sich mein Zustand spürbar gebessert. Es hat sich auch herausgestellt, dass es beim Auflegen kein Schad ist, wenn man bissi älter ist als sein Publikum, weil es auch vor zwanzig Jahren schon ziemlich gute und immer noch funktionelle Musik über 130 bpm gab, ich sage nur Gun Club oder The Fall. By the way, Mark E. Smith, die böse Hexe: ein super Role-Model für nicht umweltschonende Altersverschrullung auf hohem Niveau. Sehr inspirierend in dieser Hinsicht auch das erste Kapitel von Rick Moody's „Omega Force“ in seinem Novellen-Band „Paranoia“, während man sich die durchgebrunzten Windeln, die Nathan Zuckerman in Roths neuem Roman trägt, noch nicht unbedingt an den eigenen Hintern imaginieren möchte. So sehr spinne ich jetzt auch wieder nicht.

Kampf der Geschlechter

Dennoch: Wenn ich mir in diesen Tagen etwas Teures zum Anziehen kaufe, ist es eher von Jack Wolfskin als von Marc Jacobs. Obwohl mich Wolfskin ein wenig enttäuscht hat, er konnte die bestellte Superduperfunktionsjacke nicht liefern. (Der Wunsch nach einer Funktionsjacke entstand, als wir unlängst in Horwaths Wald einen Baum zersägten und aufstapelten, und jetzt bekomme ich die Harzflecken nicht mehr aus meinem Donna-Karan-Mantel.) Jedenfalls nicht wie gewünscht, denn ich wollte die Funktionsjacke in Schwarz. Also, die Erhältlichkeit in Schwarz war überhaupt der Grund, warum ich mich gerade für diese spezielle Superduperjacke entschieden habe, denn es gibt, finde ich, keinen Grund, warum man in Wald und Wiese Zechenkasbraun oder Alle-um-mich-herum-sollen-erblinden-Farben tragen soll. Ich finde außerdem, Schwarz kleidet mich und geht immer. Der Lange findet, Schwarz macht mich blass und alt. Ich finde, Schwarz kleidet alle Frauen. Es sollten viel mehr Frauen Schwarz tragen. Mädchen auch.

Apropos Mädchen: Man wird oft beneidet, wenn man Mädchen hat, und zwar mit Recht. (Was sich radikal ändert, wenn sie zwölf werden; bis wohin ich jede Minute engagiert auszukosten gedenke.) Am Sonntag z. B. kann ich der Breussin schon vor dem Ende des ersten Durchgangs des Dirtjump-Contests am Rathausplatz berichten, dass wir, WIR nämlich, jetzt heimgehen dürfen. Die Breussin schaut neidisch, denn sie hatte zugunsten des kleinen Breuss tags zuvor sechs Stunden am Rathausplatz abgebüßt und wird jetzt wieder sechs Stunden abbüßen, denn der kleine Breuss hat Testosteron und Durchhaltevermögen und ist ein fantastischer und fanatischer Pedalist, der praktisch ohne einen Keucher von hier bis hinauf auf den Wilhelminenberg radelt und ganz bestimmt keine Minute von diesem Bike-Event versäumt, außer es wird ihm mit einem echten Baby-Hund oder einem dreiwöchigen Abenteuerurlaub mit dem aktuellen Dirtjump-Champion vergolten, beides steht für die Breusses nicht zur Debatte.

Die Breuss wird sich hier also einen kleinen Sonnenbrand und einen befristeten Hass auf alles mit Testosteron holen, während wir jetzt heim dürfen, weil Mädchen, selbst Bubenmädchen, lieber basteln und malen und spielen und sich lustig verkleiden, als auf Sandpisten endlos im Kreis zu fahren oder irgendwelchen Bennys und Atzes dabei zuzusehen, wie sie sich zum 34. Mal in den gleichen Tailwip über dem gleichen Dreckhaufen werfen. 33 Mal ist es toll. Danach wird die Bastelschere zu einer urgeilen Alternative.

Aber es macht mir ein wenig Sorgen, dass nicht nur die Unterschiede, sondern auch die Gräben zwischen den Geschlechtern schon im Kindergarten manifest und riesengroß sind. Mädchen sind zickig, Buben sind grob, Mädchen machen sich mit ausgrenzendem Psychoterror alle, Buben mit der Faust. Buben spielen nicht mit Mädchen, Mädchen spielen nicht mit Buben, und das Bubenmimi, in seiner sturen Zweigeschlechtlichkeit, ist das einzige Kindergartenkind, das zwischen den Genderlagern pendelt, von denen es zwar gleichermaßen für bisschen meschugge gehalten, aber auch als eine(r) der ihren akzeptiert wird. Übrigens trägt es, wie auch das andere Mimi, gern Schwarz, während seine Mutter demnächst mit einer pestogrünen Superduperjacke durch den Wald hoppeln wird, Himmelherrgottsack.

Du hast es versprochen

Es war auch endlich warm. Man konnte die Hosen hochkrempeln und barfuß laufen und sich einen Sonnenbrand an den Waden holen und Bienenstiche an den Fußsohlen. Das Bubenmimi hat sehr geheult, es war ihr erster Bienenstich, wir schmierten dick eine wichtig aussehende Salbe darauf, und das Kind erholte sich schnell. Später gingen wir zur Waldlichtung, dort standen drei Gestalten in grotesker weißer Schutzkleidung in der Sonne und sahen aus, als drehten sie ein billiges Sequel von „Outbreak". Spooky irgendwie. Es waren aber nur der Horwath und sein Freund, der Polz, und die Freundin vom Polz an Tag eins nach der Absolvierung des Imkerkurses. Der Horwath macht jetzt auch Honig; soll mir recht sein. Wir fotografierten den Horwath und den Polz und seine Freundin mit den Handys, später fotografierte der Horwath die Kinder und ihre Papp-Medaillen und ihr Siegerlächeln. Denn sie hatten alle die 400 Meter Ersatzmarathon geschafft, die wir ihnen ausgesteckt hatten, weil wir dann doch nicht in aller Herrgottsfrüh nach Wien gefahren waren, damit die Kinder an diesem Kinderlauf teilnehmen konnten. Stattdessen fand der Kinderlauf auf einem Waldviertler Kiesweg statt, es gab Wertvolle-Panini-Preise, alle waren froh. Auch die Eltern, die sich nachher wieder in den Schatten von Horwaths Sonnenschirm in Horwaths Garten setzen konnten, Zeitungen lesen, einen Sonnenbrand auf dem Hirn kriegen, deppert reden und überlegen, was man als Nächstes essen soll. Es wird viel gegessen im Garten der Horwaths.

Später gab es eine kleine Krise, als der Horwath „elf" antwortete, auf meine Frage, wie schrecklich das Ritterfest auf der zehnteiligen Schrecklichkeitsskala jetzt ehrlich gewesen sei. Elf! Wir hattens versprochen gehabt, aber ein gütiger

Geist, der Lange nämlich, hatte mir die Klänge von Schalmeien und sich kreuzenden Schwertern erspart. Und Bekleidung, neben der man sich freut, dass man eine elegante pestogrüne Wanderjacke tragen darf. Ich schaukelte auf der Hollywoodschaukel, während der Lange und der Horwath auf dem Burgfest den Horwath verfluchten, der seit Wochen am Spielplatz von diesem Burgfest geredet hatte, dass man dort unbedingt hinmuss, und wie toll es die Kinder finden und alles. Der Horwath hatte wohl, wenngleich er normal nicht zu kinderglücksverklärungsbedingter Bewusstseintrübung neigt, kurz verdrängt gehabt, wie arsch es die Erwachsenen finden. Jetzt weiß er es wieder.

Dafür bekam ich Sonnenbrand auf den Fußsohlen, überlegte, warum, verdammt, ich mir eigentlich nichts kurzärmeliges Unschwarzes eingepacken hatte können, ärgerte mich über das „Zeit-Magazin“ (Wolfgang Joop, Chef des teuersten deutschen Modelabels, in einer Geschichte über Mahlzeiten in seiner Potsdamer Villa: „Ich erzähle oft von Zeiten des Mangels und der Improvisation.“), und ein Vogel schiss mir aufs Handy. Es war aber ein kleiner Vogel, und seine Ausscheidungen trübten mein Frühlingsglück nicht.

Schau mich nicht so an

Als gute Idee hat es sich erwiesen, Buben in Mädchengruppen zu isolieren: Testosteron scheint sich zu potenzieren, wenn es auf anderes Testosteron trifft, neutralsiert sich allerdings ganz und gar, wenn man es isoliert. Buben allein unter Mädchen entwickeln mit einem Mal Fähigkeiten, die sogar ihre eigenen Mütter zu überraschen vermögen: Mädchen sind plötzlich auch respektable Spielkameraden, Scheren werden zu harmlosen Werkzeugen, mit denen putzige Figuren ausgeschnitten werden, ja selbst Puppenhäuser werden zu Spielzeugen, wenn weder Hohn noch Spott noch lebenslängliche Ächtung von Geschlechtsgenossen zu befürchten ist. Aber kaum tut man einen zweiten Buben dazu, gibt es strikte Geschlechtersegregation, denn kein Bub, der auf sich hält, beschäftigt sich mit Mädchen, wenn richtige Menschen in der Nähe sind. Man kann gegen Testosteron – Bubenmütter versuchen es ständig – nicht argumentieren.

Ich behaupte aber keineswegs, Mädchen seien das bessere Geschlecht. Das sind sie, meinerseel, nicht. Die Kindergartenmädchen haben sich kürzlich, als es hieß, zwei Gruppen bilden (nicht: zwei geschlechtshomogene Gruppen bilden), gegen alle Argumente der Kindergärtnerin zusammengetan, um es den Buben einmal so richtig zu zeigen, und stanken daraufhin beim Klobürstenhockey mit 1:7 oder so völlig ab. Worauf es sich die Mädchen, alles Töchter emanzipierter, berufstätiger Frauen, sofort in der Opferrolle bequem machten: Sie seien nun einmal die Schwächeren und nicht so brutal, und woher sie denn auch Klobürstenhockey können sollten?, und überhaupt seien die Buben so gemein, buhuhu. Woher haben die das? Ist das biologisch?

Dafür sind Mädchen nicht so anfällig für elektronische Infektionen. Der achtjährige Intelligenzbolzen von Freunden stand kürzlich, weil seine Eltern ihn lieber nicht mit zu IKEA nehmen wollten, mitten in einem Zimmer voller Spielzeug, auch bubenkompatiblem, und näselte völlig gelangweilt die Worte: Habt ihr auch irgendwelche Computer? Nicht für dich, Rotznase. Er entschied sich dann, mit dem Bubenmimi zwei Stunden lang einen Wasserball durch den Flur zu kicken; auch schön, o. k. (Ich wäre eh mit ihnen in den nächsten Käfig gegangen, aber es wurden Gäste erwartet, und ich hegte den Wunsch, die Vorbereitungen diesmal rechtzeitig abzuschließen: Wie wir letztes Mal das Essen für Haemmerli gaben, erschien Haemmerli, als ich gerade noch die Servietten bügelte. Nie wieder möchte ich so angesehen werden.) Das war noch bevor das Panini-Fieber ausbrach, denn seither kann man die Kinder, Buben wie Mädchen, wunderbar damit beschäftigen, dass sie ihre Panini-Alben vergleichen und Pickerl einpicken. (Und die Mütter damit, dass sie, während sie längst woanders sein sollten, den Altpapier-Container im Hof durchwühlen, weil eins dieser Alben verschwunden ist.)

Dafür ist jetzt jeden Abend das Kinderzimmer picobello aufgeräumt. Käuflich sind sie alle, XX oder XY.

Wir Langstreckenläufer

Ich lese eigentlich keine Mails mehr, außer sie sind von meinem Chef oder von meinen Freundinnen. Leider generiert das Ignorieren von Elektropost nicht weniger, sondern mehr Mails, diesfalls solche, die mit der Zeile beginnen: Ich habe Ihnen am Soundsovielten ein Mail mit einer Anfrage geschickt, auf die ich leider bis heute keine … und so weiter; und es wird schlimmer, wenn man die nicht beantwortet. Keine Freude. Macht noch mehr Stress und lässt einen in der Nacht noch öfter wachliegen, geplagt von der Schuld, seine Pflichten nicht anständig erfüllt zu haben. Den Fleck kriegt nicht einmal ein Hyper-Mega-Vanish aus einer Vorarlbergerin raus, da kann man sie zwanzig Jahre lang in Wiener Laissez-Fair eingeweicht haben, den sieht man noch.

Auch habe ich schon lange keine Freude an meinem Handy mehr; aber das hatte ich eigentlich schon früher nicht, als mich Sedlacek ständig in der Nacht angerufen hat.

Das war, wie ich noch zu den Dreißigern gehörte, die jetzt, wie ich überall lese, ganz anders drauf sind als wir damals, ohne Vertrauen in die Zukunft und alles, betrogene Gläubiger gebrochener Du-kannst-es-schaffen-Versprechen, aber immerhin mit einem neuen Zugang zur Welt: Sie wollen jetzt einmal durchhalten. Nicht immer gleich aufgeben, nicht mehr Teil der Instant- und Wegwerf-Generation sein, vor allem als Beziehungskonsumenten. Dieses wiederentdeckte Langstreckenläufer-Denken erscheint mir ein interessanter und partiell lobenswerter Zug an den neuen Dreißigjährigen, wenngleich natürlich das Aufgeben-Dürfen gescheiterter Beziehungen, das Beenden-Können unglücklicher Ehen eine großartige Errungenschaft der Neuzeit und des Feminismus ist, die man nicht so einfach einem reformierten Durch-dick-und-dünn-Gequäle opfern möchte.

Allerdings ist die Halbwertszeit moderner Beziehungen und Ehen für eine genetisch determinierte Durchbeißerin wie mich immer wieder überraschend: Gerade kürzlich bin ich an einer TV- und Radiomoderatorin vorbeigeradelt, die feingemacht vor einem Bezirksgericht herumstand, daneben ihr Kindsvater, der stur in einem Winkel von 140 Grad von seinem Ex-Lebensmenschen wegschaute, denn offensichtlich war man gerade dabei, die intensiv in Medien beschworene Liebe des Lebens mit einer Scheidung zu finalisieren. Die Ehe hatte, inkl. Kindsproduktion, neun Monate gedauert, aber das ist heutzutage höchstens noch Durchschnitt. Es geht auch kürzer.

Und vielleicht liegt das genau am Internet und am Handy, weil früher musste man beim Schlussmachen in nässende Augen blicken oder telefonisches Geschluchze ertragen: Das war sehr unangenehm, das wollten viele sich lieber nicht zumuten und ertrugen deshalb tapfer ein paar Jährchen moderaten Doppelunglücks. Heute schickt man ein formloses E-Mail oder SMS, don't u w8 4 me oder so was und, damit das Ganze nicht so brutal daherkommt, einen Smiley dazu. Wenn die Dreißigjährigen daraus keine Tradition zu basteln gedenken, habe ich nichts dagegen.

Danke, dass ich abwaschen darf

In Kroatien wird immerhin die heikle Morchelnudeln-Sache endlich entschärft. So welche hat der Horwath unlängst gekocht, als der Lange unabkömmlich war. Und das war nun, wie ich dem Langen hernach berichtete, ungelogen das beste Essen seit Wochen gewesen, worauf sich der Lange tagelang entschlossen vom heimischen Herd fernhielt, weil er kann bitte auch anders. In Kroatien aber kocht der Breuss das beste Essen seit Monaten, was schon an seiner Busara liegt, aber mehr noch an den Scampi darin, die uns der Scampi-Fischer gerade frisch aus dem Meer geholt hat. Wir haben uns diesmal schamlos an die örtlichen Fischer herangeschmissen, und die verkaufen uns nun fast jeden Tag etwas von dem, was sie aus dem Meer geholt haben, und während wir die tropfenden Säcke ins Haus tragen, lachen sie über uns.

Der fesche Josip, dessen hundert Meter entferntes Ferienhaus von den Kindern final gekapert wurde, weil Josip eine nette schwäbische Hildegard zur Frau hat, die endlich gerne Oma wäre, Josip also erzählt uns, dass die Sepie, die wir heute wieder von den Fischern gekauft haben, hier nicht einmal die Fische fressen. Geschweige denn die Einheimischen. So was kann man nur Touristen andrehen, grinst der fesche Josip, während er auf der Bank vor seinem Haus aufs Meer schaut und raucht, und erwähnt in diesem Zusammenhang auch, wie Eskimokinder tagelang auf einer Seehundhaut herumkauen.

Am nächsten Abend gehen wir rüber zu Josip und seiner Bank, die Breussin schnorrt Josip eine Zigarette ab, und wir sagen, Josip, wir wissen jetzt, warum nur Touristen eure Sepie hier kaufen, weil von euch hier kann sie keiner richtig zubereiten. Wenn man die Sepie nämlich nicht eine Stunde oder zwei zu Semperit kocht, sondern nur kurz z. B. in einer Rosmarin-

Tomatensauce mit weißen Bohnen ziehen lässt, schmecken sie nicht wie Flipflops, sondern sind sie zart wie ein Henderl, Josip, zart wie ein Henderl.

Am nächsten Abend laden wir Josip und Hildegard, sozusagen als Kinderbetreuungshonorar, zu uns zum Essen ein, der Horwath paniert endlich die Wiener Schnitzel, ohne die er keine zwei Wochen am Meer überlebt, und wir fragen Josip, der aus der Gegend stammt, wie er nach Deutschland kam. Die Geschichte geht so, dass Jung-Ingenieur Josip in den späten Sechzigern nach Deutschland ging, weil er einen Sportwagen fahren wollte, und das tat er auch, einen BMW 2500 um 18.000 Mark, den er mit einem Monatsgehalt von 600 abzahlte und bald an deutscher Maurerhandwerkswertarbeit ruinierte. Leider übernimmt Hildegard dann den Erzählfaden und gibt ihn nicht mehr her, und wir erfahren alles über den Karneval in einer schwäbischen Kleinstadt, und das ist leidlich verstörend. Ich schleiche in die Küche und danke dem Herrn auf Knien dafür, dass ich heute den ganzen Abwasch machen darf. Andererseits soll eine Frau, die es mir ermöglicht, im Urlaub trotz Kindern fast drei Bücher zu lesen, im Karneval ihren Spaß haben: Das ist nur gerecht.

Heuer machen wir es anders

Heuer, habe ich gesagt, machen wir es einmal anders am Kindergeburtstag. Der Horwath war gleich dagegen; sein kleiner Horwath hat drei Tage vor den Mimis Geburtstag, also gemeinsame Party. Eine Scheißidee, sagte der Horwath, da saßen wir noch in der Neptun-Bar in Kroatien, nachdem er zuerst gefragt hat, wie ich das meine, und ich es ihm erklärt habe: dass wir heuer einen Kindergeburtstag machen, an dem es ausnahmsweise auch einmal Spaß für die Kinder gibt. Spaß, hat der Horwath gesagt und durch seine Cutler-&-Gross-Brille bitter aufs Meer geschaut, was für Spaß. Ein Clown oder was. Blödsinn, hab ich gesagt, ein Spiel oder eine Schnitzeljagd oder etwas in der Art, und Würstel grillen am Feuer, und wir laden heuer nicht nur unsere Freunde ein, sondern die Freunde der Kinder, schau nicht so, mir gefällt es auch nicht besonders. Aber trotzdem machen wir es heuer so. Der Horwath hat gesagt, grillen hasst er. Schnitzeljagden auch. Die Horwathin hat gesagt, sie findet es aber eine super Idee. Der Horwath hat noch ein Karlovacko bestellt und gesagt, dass es für so einen Unsinn nicht den geringsten Grund gibt, weil bis jetzt hats immer gepasst.

Normal laden wir am Kindergeburtstag alle unsere Freunde mit Kindern ins Schwimmbad oder auf den Spielplatz, schneiden den Kuchen an, singen Happy Birthday, rufen jöö und schööön, und schicken die Kinder dann spielen. Oder baden oder raufen, Hauptsache, sie stören uns nicht, während wir riesenschüsselweise Erdäpfelsalat und kleine Horwath-Schnitzis verputzen und Kühltaschen voller Bier und Wein leermachen. Bitte, die Kinder haben sich nie beschwert, aber dann war ich auf Kindergeburtstagen, die wirklich Feste für die Kinder waren, und zuerst fand ich das echt schischi, und dann habe ich mich geschämt. Heuer machen wir es anders.

Jetzt ist heuer schon morgen, und ich komm aus der Hektik nicht heraus. Ich habe Einladungen gemacht, kopiert, verteilt, der Lange und ich waren einkaufen und auf der Geburtstagsfestwiese, die Schnitzeljagd auskundschaften, und wir haben gestritten. Ich habe zwei Blecher Schoko-Kuchen gebacken, nicht wie letztes Jahr mit einer schicken Zuckergussgrafik, sondern fußballrasendicht mit Smarties belegt, denn so und nicht anders wollen es Kinder. Aber es sind noch keine Schnitzeljagd-Aufgaben ausgedacht, keine Geschenke eingepackt, keine Schatzkiste und keine Partysackerl befüllt, und auch Erwerbsarbeit wäre noch zu erledigen. Weil ich mich in dieser Sache an den Horwath nicht zu wenden brauche, rufe ich die Horwathin an und sage, du, mir wächst der Kindergeburtstag gerade ein bissl über den Kopf, und sie sagt, oje, aber leider kann sie nichts tun, jetzt wühlt sie grad am Land im Garten und morgen kommt sie nicht vor fünf aus der Klinik, tut ihr echt leid. Der Horwath ist nicht zu sprechen, wahrscheinlich brät er gerade eine Scheibtruhe voll Schnitzel, aus lauter Wut über die Scheißidee, und ich bin kurz davor, ihm recht zu geben.

Es gibt Reis, Baby!

Lassen Sie mich noch erwähnen, dass der Horwath tatsächlich fünfzig Schnitzel für die Kindergrillparty gebacken hat, ich kenn ihn doch, und dass wir das mit den Abschiedssackerl nächstes Mal lassen. Die Horwathin hat nämlich doch welche gemacht, aber da hat der Horwath recht, das ist zu viel des Guten, das braucht kein Mensch. Nach der Party war ich aber so oder so relativ nah am Ende meiner Kräfte und habe drei Kreuze geschlagen, dass ich jetzt bis zum nächsten Kindergeburtstag 365 Mal schlafen darf. Also tatsächlich durfte ich nur drei Mal schlafen, aber da hatten nicht wir die Scherereien, sondern ein anderer Kindergartenkindsvater, dem wir an seinem Küchentisch zusehends beschickert dabei zusahen, wie er zügig dem Ende seiner Kräfte entgegenstrebte. Ich bin mir ziemlich sicher, dass er später drei Kreuze geschlagen hat, weil er jetzt bist zum nächsten Kindergeburtstag 365 Mal und so weiter.

Allerdings hat die Badesaison nun auch in Wien begonnen, die aber sehr viel weniger Falten macht, wenn der Nachwuchs endlich schwimmen kann. Die 600 Euro, die wir in mehrere Schwimmkurse investiert haben, machen sich nun in heiterer Entspannung mutterseits bezahlt: Ich sitze mit anderen Müttern gelassen unterm Schirm, während unsere Kinder in egal welchem Pool nicht ertrinken; das entstresst die Sommerzeit entschieden. Die Gelassenheit rastet kurz, wenn die Kinder aus dem Becken kommen und sich darüber in die Haare kriegen, wer die Sonnenschutzcreme mit dem höheren Lichtschutzfaktor hat (Ich hab nämlich fünfzig! Und du nur 25! Aber ich kenn jemand, der hat hundert, und der borgt sie mir!), wo man sich echt an den Kopf greift und fragt, woher dieser geisteskranke Konkurenzzwang bitte herkommt. Kauft euch sofort ein Eis.

(Aber ich krieg das größere!) Jesusundmaria. Von uns haben sie das nicht. Naja, vielleicht haben sie es vom Langen und vom Horwath, die sich in Kroatien tatsächlich ernsthaft darüber zerkrachten, wie man Basmati richtiger kocht. Ob man ihn ins kochende Wasser schmeißt oder glasiert und aufgießt, was als Die Große Reiskrise in die Kroatien-Annalen einging. Aber am achten Urlaubstag schuf Gott nun einmal die Faustwatsche, da muss man durch, gelassen drüber, weitermachen, tun als wär nix gewesen, dann wirds schon wieder.

Ich bin mit meinem Nicht-mein-Kind-geht-mich-nichts-an-Mantra überraschend schmerzfrei über die zwei Wochen gekommen: Erst an Tag zwölf platzte mir einmal wegen einer Kinderessen-Sache der Kragen, was aber wohl vor allem damit zu tun hatte, dass ich es gewohnt bin, den Großteil meiner Tage still über Texten zu sitzen, und diese Gewohnheit nehme ich gerne in den Urlaub mit. Aber die schöne Idee, dass man wo hinfährt und dort die Klappe hält, ist vor allem bei Kindern extrem unpopulär, und wer mein Meeresrauschen lang genug in dieser bestimmten Frequenz zerkreischt, kriegt irgendwann die Rechnung. Zahlen, bitte! Nein, nicht Sie, der Kleine da hinten.

Es soll aufhören

Bereits im ersten Drittel der ersten Halbzeit des ersten EURO-Matches erleide ich einen Hörsturz, dank ununterbrochenen Freudengeheuls der Mimis. Erstens, sie dürfen fernsehen. Zweitens, sie dürfen Fußball fernsehen; was vor allem das Bubenmimi in einen Begeisterungstaumel versetzt, für den ich Unterhaltungschemie im Gegenwert eines Designersofas benötigte.

Das Bubenmimi spricht von morgens um sechs bis abends um acht ohne Unterbrechung nur noch über Fußball. Mein Tag beginnt mit der Anhörung glühender Referate über tschechische Torwarte und schwedische Stürmer und endet mit der Akklamation aller fixfertigen Mannschaftspuzzles im Panini-Album. (Es sind acht. Ich weiß es. Sie hat mir die freudvolle Neuigkeit schon etwa 600 Mal überbracht.) Dieses verfluchte Panini-Album; das ich zugegebenermaßen selbst ins Haus geschleppt habe, und zwar mit einem kecken Grinsen, das, wie ich jetzt weiß, meine komplette, lückenlose Ahnungslosigkeit darüber illustrierte, was dieses Teufelszeug aus Kindern macht.

Kollegin B. hat mir erzählt, dass ihr Neunjähriger kürzlich vom Telefon der Lehrerin anrief, weinend, weil er den Aufhauser verloren hat, und beides ist im normalen Alltag eines Neunjährigen undenkbar: weinen, die Mama anrufen, wie ein Baby. Ein Pickerl mit dem Antlitz eines österreichischen Nationalspielers machts möglich. Wir hatten den Aufhauser; spontan erklärten die Kollegin und ich die Tauschbörse „Mürbe Mütter, die wollen, dass es aufhört" für gegründet und mailen uns seither gegenseitig lange Zahlenlisten zu, wie Verschlüsselungsspezialisten. Wie Verrückte.

Wobei ich sagen muss, dass das andere Mimi nicht unbedingt den nötigen Ernst für den Panini-Irrsinn mitbringt; einerseits: halleluja, lobet den Herrn. Andererseits zwingt das die Mutter dazu, in der ganzen Wohnung nachlässig gehortete Fußballstars einzusammeln und einzupicken: Sie schlafen in den Betten des Puppenhauses, lächeln nach Frisuren sortiert vom Badezimmerregal und rütteln am Gitter des Playmobil-Gefangenentransporters. Und sie erfüllen in keiner Weise mehr den Zweck, dessentwegen sie überhaupt mit den Mimis bekannt gemacht wurden: Denn sie waren, pro Fünf-Stück-Packerl, dazu rekrutiert, die Mimis dazu zu kriegen, freiwillig ihr Zimmer aufzuräumen. (Spießerin! Spießerin! Hören Sie auf. Ich bin bei der „Wunder von Wien"-Premiere von Herrn Rubinowitz deswegen bereits erschöpfend gedögelt worden, danke schön.) Allerdings hat es sich als wenig moralisierend erwiesen, ein Kind eine halbe Stunde aufräumen zu lassen und ihm dann gönnerhaft ein Packerl Paninis zu überreichen, von dem es jedes Einzelne schon hat; „Hysterie" beschreibt die Folgen überaus unzureichend. Nun schmeiße ich ihnen jeden Tag freiwillig und ungebeten drei Packerl in den Rachen, renn mit ihnen auf Tauschbörsen und schreibe lange Zahlenlisten in E-Mails und Blog. Es muss endlich aufhören; es reicht.

Lernen vom Langen

Erstens: Wenn Ihr Kind seit einer halben Stunde geräuschlos im Kinderzimmer bastelt und mit einem Mal einen irrsinnigen Schrei ausstößt: Laden Sie nicht in Ruhe weiter Musik aus dem Netz, fragen Sie nicht über die Schulter: Was ist denn? Sondern springen Sie vom Sessel auf und rennen Sie hinüber, denn das Kind hat sich verlässlich wehgetan und braucht Ihre Hilfe.

Zweitens, wenn Sie sehen, dass sich das Kind tatsächlich wehgetan, nämlich sich mit dem Klammerapparat eine Acht-Millimeter-Klammer in den Finger gejagt hat, verfallen Sie nicht in lautes OHGOTTOHGOTTOHOIOIOIDASIST-JAGRAU!EN!HAFT!!!-Gekreisch, das könnte das Kind zusätzlich beunruhigen und ihm das Gefühl geben, die Sache sei noch schlimmer, als sie eh schon ist. (Mensch, Langer, beruhige dich, lass mich das machen, hol ein Pflaster. OHGOTTOHGOTTOHGOTT!)

Drittens: Wenn Sie zum Beispiel gerade eine Wohnung oder ein Haus zu renovieren planen, und das Projekt befindet sich in jener Phase, in der zu klären ist, ob Mauern herausgerissen oder aufgezogen werden, sagen Sie nicht Sachen wie: Also, mir ist wichtig, dass der Läufer im Vorzimmer diesmal nicht aus Sisal ist, das schmutzt so. Das könnte in Ihrer Partnerin Zweifel an der Partnerwahl wecken: Ist er schwul oder blöd, und warum habe ich es bisher nicht gemerkt? (Apropos schwul, der geschätzte Kollege W., H.A.P.P.Y.-Aktivist der ersten Stunde, schrieb mir auf meine Panini-Kolumne, nein, er sammelt nicht, aber wenn wir den Robin Van Persie doppelt haben, diesen schnuckeligen Holländer, den nehme er gern, und, nö, woher soll er wissen, was der für eine Nummer hat? Meine Bitte an dieser Stelle: Wäre es möglich, liebe Schwule, dass ihr hin und wieder ein bissl weniger dem Klischee über euch entsprecht? Das ist ja beängstigend.)

Viertens: Wenn Ihre Partnerin bereits wiederholt bewiesen hat, dass sie das Her- und Einrichten von Wohnstätten so weit beherrscht, dass Sie sich darin trotz (die Partnerin: aufgrund) des Verzichts auf eigenes Zutun pudelwohl fühlen, streiten Sie nicht mit ihr über die Form des Hangerlhakens. Überdies sind Aussagen wie „Dieses Zimmer möchte ich auf keinen Fall als Schlafzimmer, ich fand es unheimlich stickig" geeignet, Ihre Kompetenz in allen Lebensdingen in Frage zu stellen, besonders wenn selbst für eine Zweijährige offensichtlich ist, dass besagtes Zimmer seit etwa acht Jahren nicht gelüftet wurde.

Fünftens: Wenn Sie gerade in den Urlaub fahren und Ihre Partnerin hat alles gepackt – die Kindersachen, die Familiensachen, die Badesachen, den Proviant und das Auto –, sehen Sie großzügig darüber hinweg, dass Ihre Lieblingskekssorte nicht dabei ist. Speziell ab dem Moment, in dem Ihnen klar geworden ist, dass Sie in langen Hosen und Halbschuhen zum Strand müssen, weil Sie vergessen haben, Ihre kurze Hose und die Flipflops einzupacken.

Sechstens, sagen Sie nicht: England. Besonders, wenn Ihr Kind Sie fragt, wer Ihr Favorit bei der EM ist.

Das geht so

Der Lange sagt, wenn nur fünfzig Prozent vom dem, was ich letztes Mal über ihn behauptet habe, stimmten, wären es viel. Leider habe ich im Moment keine Zeit, mich mit dem Authentizitätsfanatismus vom Langen zu beschäftigen, und außerdem ist der Lange eh nicht wo ich bin. Nämlich in Xi, wo ich in die vorarlbergerischen Kernkompetenzzentren vordringe, indem ich die Großfamilie bekoche, Gartenbau bewundere und bald auch in der Kunst des Blumenkränzchenbindens reüssieren werde, pass auf. Zudem hat der Xaver, bei dem ich mich ein paar Mal beklagt habe, dass er praktisch nie Zeit für mich hat, wenn ich einmal, eh so selten, in Vorarlberg bin, beschlossen, mir einmal zu zeigen, warum er keine Zeit hat, indem er mich an seinen freizeitfresserischen Tätigkeiten teilhaben lässt. Schau, sagt der Xaver und drückt mir eine Heugabel in die Hand, das geht so.

Wenn man mit dem Xaver dem Xaver seine Wiese heut, kriegt man ein relativ gutes Gefühl dafür, wie viel 1500 Quadratmeter sind. Es ist heiß. Es ist still. Manchmal meckert eine von Xavers Ziegen, hin und wieder blöckt eins der Schafe, die der Xaver drei Wochen in Pflege hat, zwei Mal legt eine von Xavers Hennen unter Gegacker ein Ei. Der Xaver redet beim Heuen über seinen Plattenladen und über sein Kind, und ich rede über nichts, weil ich kann nicht. Denn obwohl mein Körper sich irgendwie der Bergbauerngene meiner Großmutter entsinnt und sich weniger blöd anstellt, als man von mir erwarten dürfte, erinnern mich die Blasen an den Händen und das Stechen im Rücken doch auch daran, dass es Gründe gibt, warum ich in der Stadt lebe. Zum Beispiel, um dort im Sitzen zu verweichlichen.

In der Nacht hat mich Sedlacek aufgeweckt: Er rief mich an, um mich am Meeresrauschen in Puerto Escondido teilhaben zu lassen. Schön, habe ich gesagt, ich bin ja sooooo neidig, kann ich jetzt weiterschlafen? Gut, ich habe ihn vorletzte Woche in Hongkong aufgeweckt, damit er am Dylan-Konzert teilhaben kann. Allerdings wusste ich nicht, dass Sedlacek in Hongkong war, und werde sowieso mit meiner Telefonrechnung dafür bestraft, dass er live die Hälfte von „All Along the Watchtower" mithören durfte. Worum Sedlacek, das ist richtig, nicht gebeten hatte, weil er Dylan für einen historischen Irrtum hält, was periodisch zu ernsten Verstimmungen zwischen Sedlacek und mir führt. Beim Dylan-Konzert stand ich, falls es irgendjemand noch nicht weiß, in der ersten Reihe, der allervordersten absolut nächstmöglichen Reihe so nah, dass ich die Schweißtropfen von Dylans Nase perlen sehen konnte; und er hat mich angegrinst. Doch. DOHOCH! Es war sehr schön.

Das erzähle ich dem Xaver beim Heuen dann doch noch, zwischen ein paar Keuchern und während mir der Schweiß ins Maul rinnt, und der Xaver sagt: Mich hättest du anrufen sollen, ich hätte das gern gehört. Aber das ist ein Witz, weil ein Handy hat der Xaver nicht. Aber eine sehr große Wiese.

Ist es schon neun?

Leser Otto Sch. will mich beleidigen, und es gelingt ihm. Ich sei nämlich, schreibt er, offenbar mit Meister Dylans Art nicht vertraut, denn entgegen meinen Behauptungen in der letzten Kolumne grinse Bob Dylan niemanden grundlos an. Ich weiß allerdings nicht, ob es mich mehr kränkt, dass mir Sch. mein in sechs Dylan-Konzerten gewachsenes Minimum an Dylanartvertrautheit abspricht, oder dass er so einen offensichtlichen Schmäh nicht kapiert. War das unklar? Dass das als Wunschdenken-Witz gemeint war? Ich weiß natürlich sehr wohl, dass Dylan mich nicht angegrinst hat, erstens stand ich im Dunkeln und Dylan im Licht, zweitens wäre er aufgrund von, wie ich zu glauben glaube, Kräuterdingsinhalation gar nicht in der Lage gewesen, mein Antlitz zu fokussieren, selbst wenn ein 5000-Watt-Scheinwerfer darauf gerichtet gewesen wäre. Herr Sch. unterstellt mir außerdem, ich hätte während des Konzerts Nachrichten an meine Lieben in mein Handy gebrüllt, was natürlich eine glatte Lüge ist und ich nienienie tun würde: Ich habe lediglich still Sedlaceks Nummer gewählt und ihn Dylan lauschen lassen. Und schon gar nicht habe ich, wie Herr Sch. mich weiters bezichtigt, Dylan mit meinem Handy angeblitzt: Mein Handy kann gar nicht blitzen, wenngleich ich gestehe, dass ich mich nicht zurückhalten konnte, mir ein Bildnis des Gottgleichen zu machen und es auf meinen Blog zu stellen. Es war aber völlig unscharf, was als Beweis für die totale Blitzfreiheit des Vorgangs reichen sollte. Plus, ich tat es, während Dylan mich mit einem Altherrenblues von gefühlten 97 Strophen ein wenig – wie sag ichs, ohne Gott seinerseits zu Blitzen zu provozieren – langweilte.

Das Ländle, Xavers Wiese und die strengen Vor-neun-Uhr-vormittags-keinen-Schnaps-Regeln in meiner Familie (der

Vater: Magst einen Schnaps? Der Onkel: Ist es schon neun? Ach was, bis du eingeschenkt hast, sicher) habe ich unbeschadet überstanden, um mich zwei Tage darauf im Waldviertel zerstechen, zerkratzen und verbrennen zu lassen. Was irgendeinem unnötigen Stechviech noch nicht reichte: Es entstellte meine Visage mit einem gezielten Stich neben das rechte Auge, welches mit einer ausgeprägten und stündlich prosperierenden Schwellung reagierte, die mich nicht schöner macht. Lieber T., diese Woche geht sich ein Treffen leider doch nicht aus. Unter anderem, weil ich Mutter Urban treffen muss, in ihrer Ordination: Heile mich, Mutter Urban, bitte heile mich.

Tut gar nicht mehr weh

Apropos Gartenbau: In der Serie „Men in Trees“ bezog Fräulein Frist diese Woche eine eigene Hütte in ihrem Exil in Alaska, wurde infolgedessen von ihrem Love-Interest mit einem Bäumchen für ihr Gärtchen beschenkt und juchzte wiederholt, was das nun für ein wunderbarer Baum sei. Ein wunderbarer Baum sei das und noch viel wunderbarer werde er werden, wenn er erst groß sei. Daran sieht man, dass „Men in Trees“ völlig zurecht eingestellt wurde, denn der Baum war eine Thuje. Und wenn ich zum Beispiel letzte Woche mit dem Langen eine Hütte im Waldviertel gekauft hätte, hätte ich relativ schnell darauf geschaut, dass von den zehn oder zwölf Thujen bald einmal drei bis vier verschwinden. Auf jeden Fall aber die Hecke am Eingang, die den Rosen Schatten machte. Und die Riesenthuje hinterm Haus, die die Morgensonne beim Birnbaum verstellte, sowie die mittelgroße vor dem Schlafzimmerfenster. Schließlich die winzigkleine vor dem Flieder, die genau so aussähe wie das wunderbare Bäumchen in „Men in Trees“, diesfalls aber, dank dem Supi-Turbo-Astzwicker, den der Lange erstanden hätte, in seiner Nochwunderbarerwerdung final gehindert werden würde.

Wir würden natürlich eine Hängematte oder eine Schaukel aufgehängt haben und, als weiteres Zeichen, dass nun alles einfach und easy und unkompliziert werden würde, einen von Mäuse- und Vogeldreck völlig versifften alten Küchentisch im Dachboden geborgen, mit viel Cif gesäubert und ihn dann in die Wiese unter den Apfelbaum gestellt haben. Dazu würden sich die abblätternden Gartenklappstühle gesellen, die schon seit Monaten in unserem Wiener Stiegenhaus im Weg gestanden haben würden. Es würde uns genau so gefallen, wir würden gar nicht daran denken, die Sachen neu zu streichen. Wir würden Kletterrosen anbinden und Rasen mähen und Bäume schneiden und Ribisel brocken und mit den Kindern Federball spielen: Es wäre ein Idyll; und an den Abenden würden wir erschöpft, aber zufrieden in der Dämmerung sitzen, mit mäßigem Erfolg Gelsen und Stechfliegen verwedeln, die Gartenschuppenfrage erörtern und uns des Eintritts in eine neue Phase der Verspießerung, sagen wirs ruhig, erfreuen.

Denn ab einem bestimmten Punkt der Akzeptanz und Affirmation täte die Spießerei, glaube ich, nicht mehr weh. Unter anderem, weil man sich ja bereits so tief in nur noch für Fortgeschrittene bezwingbare Biederkeitsbereiche zurückgezogen haben würde: Es würden höchstens einmal andere Wochenendkleinhäusler vorbeikommen, die eine alte Schütte bewundern oder einem Tipps geben würden, wo in Tschechien man preiswerte Kastenfenster machen lassen könnte. Ja, so wäre das: Wir wären arm an vorzeigbaren Erlebnissen und an Interesse für die Vorgänge innerhalb der SPÖ; aber reich an kleinen Glücksmomenten. Das Glück wäre: das Licht, das durch einen Baum fällt, eine erschlagene Bremse, ein schaukelndes Kind. Eine gefällte Thuje: das wäre schon schön.

Was machen wir jetzt?

Im Kaffeehaus kriegen sich der Horwath und der Lange jetzt zum Thema Sonnenengergie in die Haare. Gut, wir sind alle ein wenig aufgewühlt, weil wir eben unsere Kinder in einen Bus gesetzt und ins Sommerlager verschickt haben. Es war nicht unser Wunsch, es war der Wunsch der Mimis. Ich hatte viele Einwände, die ich ihnen gegenüber unausgesprochen ließ: Was, wenn etwas passiert? Was, wenn ihr Heimweh bekommt? Weil ich hatte im Lager immer Heimweh, und es war immer schrecklich, und am zweiten oder dritten Abend musste ich immer abgeholt werden. Aber zumindest im Vorfeld zeigten die Kinder keinerlei Anzeichen von übermäßiger Sentimentalität gegenüber ihrer Herkunftsfamilie; zählten wochenlang die Nächte bis Sommerlager und wachten am Abreisetag mit leuchtenden Augen auf. HEUTE! Die Mutter hat sauschlecht geschlafen und muss sich das angemessene Strahlen mit einiger Anstrengung ins Antlitz schnitzen. Heute. Was, wenn ich Heimweh bekomme?

Dann stehen wir am Reisebus und winken unseren Kindern zu. Eins weint; zum Glück keins von unseren, sondern das von den Szene-Wirtsleuten, die ihrem Kind, obwohl ihnen gar nicht danach ist, entschlossen entgegenstrahlen: Durch die begeistert gefletschten Zähne zischt der Wirt, dass der blöde Bus jetzt bitte bitte bitte endlich fahren soll, er hälts nicht mehr aus, gleich heult er auch. Eins der Mimis winkt nicht einmal zurück; keine Zeit, aber wie der Bus endlich startet, bin ich trotzdem froh, weil lange hätte ich mein Grinsen auch nicht mehr derhalten.

In dem Moment kommt auch der Kabarettist unter Gekeuche um die Ecke gerannt und kann seinem Kind, das von dessen Mutter geliefert worden war, gerade noch zuwinken. Wir applaudieren herzlich: Schöne Vorstellung, Herr Künstler, Gott zum Gruße! Der Kabarettist kommt akut von irgendwo am Land, er hat einen Rucksack mit Gehstöcken dabei, sieht aber das Gegenteil von erholt aus und formuliert im Kaffeehaus entschiedene Einwände, als der Ober findet, die Bestellung werde erst aufgenommen, wenn alle parat seien. Nix da, gleich Kaffee. Dann geraten der Horwath und der Lange aneinander: Kriegt man jetzt, wo der Photovoltaik-Klimafonds leer ist, noch eine Förderung für eine Strom- oder Warmwassersolaranlage? NEIN, ruft der Horwath, JA!, ruft der Lange!, und wieder einmal fallen die Wörter Dummkopf, Dodel und Depp. Muss man aber nicht so ernst nehmen. Ihr seid jetzt Nachbarn, da im Waldviertel, oder?, grinst die Wirtin, und der Horwath brummt, dass, na, zum Glück noch ein alter Bauer seinen Hof dazwischen habe, der sei nämlich geistig weit flexibler als dieser Sturschädel da. Wer redet, sagt der Lange.

Denn als Nebenniederösterreicher ist man umweltbewusst, macht sich Solarzellen aufs Dach, und es werden, wie wir später recherchieren werden, beide Sturschädel recht gehabt haben. Aber jetzt im Kaffeehaus reden wir dann lieber wieder über die Kinder, und was wir machen, nun, wo sie nicht da sind.

Es fängt immer klein an

Man hätte, wenn man ein Haus im Waldviertel besäße, vielleicht auch eine Pumpe, weil das Wasser aus dem eigenen Brunnen käme. Und die Pumpe könnte nicht funktionieren, wenn man am Samstag das Wasser anmachen wollte; nichts, niente. Der Horwath, der sich mit Pumpen auskennt, würde erste Anzeichen von Reue zu verbergen versuchen, dass er damals mit dem Finger auf dieses Haus gezeigt haben würde, wäre das nicht etwas für euch? Jetzt musste er, weil der Lange Kettensäge nicht kann, schon Bäume fällen, dann waren seine Fähigkeiten beim Autoanschieben gefragt, dann seine Kenntnisse des Siphons, jetzt auch noch die Pumpe. Das kann ja noch bravo werden.

Doch wenngleich des Langen Fertigkeiten beim Thujenkillen und bei der Pumpeninstandsetzung stark verfeinerbar sind, ist er überraschend gerne Nebenniederösterreicher und zelebriert das mit launigen Lesungen aus der NÖN und dem regionalen Bezirksjournal. Es werden hier noch Linden und Autos gesegnet, und zärtliche Landwirte mit tiefer Sehnsucht nach Neubeginn suchen ihr Äquivalent. Der Lange ist vom Landleben wesentlich angetaner, als er prophezeit hat, er würde nämlich, hat er prophezeit, das Scheißlandleben scheißmäßig hassen, und, nur damit ich mir keine Illusionen machte, alles was ich dort von ihm zu sehen bekäme, sei seine auf einem Liegestuhl dahingestreckte Silhouette, er rühre dort keinen Finger. Außer die, die nötig seien, dass einem die Zeitung nicht aufs Gesicht fällt. Und so weiter, der Lange halt. Seit ihm aber aufgefallen ist, dass die Kinder am Land in dem Augenblick verschwinden, in dem man dort die Autotür aufmacht, und er nun jedes Wochenende keine Minute am Spielplatz und im Prater verbringen muss, ist er mit dem Landleben versöhnt.

Ich würde so weit gehen zu behaupten, der Lange liebt das Landleben, und wenn er die Zeitung ausgelesen hat, greift er nun freiwillig zum Astzwicker. Denn die Möglichkeit, seinen irgendwie angeborenen Zerstörungsdrang, den er bisher nur in Familie, Freundeskreis und Beruf ausleben durfte, auf die Natur auszuweiten, hat sogar über seine natürliche Abscheu gegenüber jeglicher handwerklicher Betätigung gesiegt. Der Astzwicker ist das neue Werkzeug des Langen, und mit ihm fand der Lange sein Mantra: Das muss weg. Der Horwath sagt, er findet, der Lange ist jetzt viel ausgeglichener.

Sorgen macht mir, dass es beim Horwath, der gerade in weißer Imkermontur auf seinem 15er Steyr-Traktor an meinem Gartentor vorbeiknattert, auch mit einem Astzwicker angefangen hat. Oder mit einer Gartenkralle oder derlei. Es fängt immer klein an, und bald wird der Lange seine Bäume mit seinem eigenen Caterpillar umschmeißen, aber das behalte ich jetzt einmal lieber für mich.

Ich weiß gar nicht, warum mir das jetzt einfällt

Ein schattiger Waldviertler Obstgarten hat auch seine Nachteile, wie ich bestätigen kann, seit ich in nicht einwandfreier körperlicher Verfassung eine Tonne fauliger Klaräpfel aufgehoben habe. (Postalkoholische Tristesse nennt Fritz Ostermayer das.) Die Hälfte davon von der Straße, denn ich bin jetzt eine pflichtversessene Nebenwohnsitzerin eines netten, kleinen Dorfes. Wenngleich sich das Waldviertel vom Propperkeitsfaktor her nicht mit dem, jetzt zum Beispiel, Bregenzerwald messen kann, denn wenn der Bregenzerwald auf der zehnteiligen Propperkeitsskala eine gute 9,8 erreicht, schafft das Waldviertel bei extrem wohlwollender Wertung an ausgesuchten Orten eine wacklige Zwei. Man sollte hier niemals hinter die Häuser und in die Höfe schauen, außer man ist akut auf der Suche nach Ziegelhaufen aus hundert Jahren Bautätigkeit, nach verrosteten Autoteilen aus den Siebzigern oder knietief Kuhscheiße. Ich kaufe meine Milch hier ausschließlich pasteurisiert im Supermarkt.

Andererseits ist Dorf da wie dort Dorf, und wie ich mir eben beim Äpfelaufheben den Rücken ruiniere, fährt eine Frau, die ich nie zuvor gesehen habe, mit dem Rad daher, bleibt stehen, steigt ab und sagt: Grüß Gott, übrigens, vorne, im 28er-Haus ist gerade auch eine Frau aus Vorarlberg zu Gast, die stammt aber aus einer anderen Gegend als Sie und hat gesagt, sie kennt Sie nur vom Namen her. Ah da schau her. Interessant, danke! Das Schicksal schickt mir also einen kleinen Reminder, nur, falls ich vergessen haben sollte, aus welchen Gründen ich damals in die große Stadt gezogen bin. Unbeobachtetheit und Anonymität und alles! Aufgegeben für ein bisschen Apfelbaumschatten! Und die Äpfel sind noch nicht einmal gut!

Bevor wir uns jetzt ins Waldviertel begaben, um hier, ehe die Mimis in die Schule kommen, den Restsommer zu verbringen, fuhren der Lange und ich in die Steiermark zur Regionale. Sagen wir so, Ostermayer veranstaltete dort ein kleines Symposion zum Thema „Saufen“ und fand, ich sei eine geeignete Referentin; was mir durchaus irgendwie zu Herzen geht. Andererseits ist es jetzt wohl zu spät, mein Fachgebiet noch zu ändern; also, was solls, mache ich halt das Beste daraus. Es war aber sehr nett und man traf dort in ungewöhnlich herrlicher Umgebung Menschen, mit denen man seit nunmehr bald einem Vierteljahrhundert die Erlebnisvielfalt im Bacchantischen pflegt. Herr Welter von Naked Lunch zum Beispiel, mit dem ich mich schon im alten Flex betschecherte, wie ehedem auch (ich weiß gar nicht, warum mir das jetzt einfällt) mit dem nunmehrigen Presseprecher eines sehr hohen politischen Repräsentanten, der damals langes blondes Wallehaar und Zehn-Tage-Bärte trug und nicht nur wahnsinnig gut singen konnte, sondern dabei auch ergreifend anzusehen war. Wie übrigens auch die Herren Welter und Red, die zum Abschluss des ersten Symposion-Abends ein unglaublich schönes musikalisches Zusammentreffen hatten, während welchem sich Herr Red, ein freundlicher Franzose, endlich nicht mehr frug, was für erstaunliche Mengen an Alkohol in manche seiner neuen österreichischen Freunde sowie in den Veranstalter selbst hineinpassen: was er die Tage zuvor gelernt hatte. Er hatte wohl geglaubt, das Motto des Wochenendes sei im übertragenen Sinn gemeint. So naiv war ich nicht.

Das ist immer so

Nachdem der Lange auch eine Tonne fauliger Klaräpfel aufgehoben hat, drängen sich ihm spontan ein paar Fragen auf. Brauchen wir wirklich so viele Apfelbäume? Oder darf ich die umhauen? Vielleicht dass wir stattdessen ein paar eilige, fruchtlose Schattenbäume pflanzen? Aber darf ich dann zumindest mit dem Astzwicker alle äpfeltragenden Äste abzwicken? Also alle?

Ja, nein, nein, nein und nein; obwohl ich dich wirklich nicht frustrieren möchte, Honey, denn ich bin über dein Engagement total erfreut, ehrlich.

Obwohl es, apropos Engagement, einige unschöne Szenen in der, so der Lange, Scheißpipifax-Abteilung von IKEA gab. Das drückt der Lange einfach nicht durch. Da zuckt er aus. Das ist immer so. Wir schaffen es relativ geräuschlos und sozial unauffällig durch den oberen Stock, ich mit einer Einkaufsliste, der Lange mit schlechter Laune und einem gelben IKEA-Sack über der Schulter. Aber unten bei den Vorratsgläsern und/oder Sofakissen dreht der Lange regelmäßig durch.

WOZUBRAUCHENWIRDENSCHEISS! Bedauerlicherweise habe ich dann auch schon nicht mehr die Nerven, um sehr gelassen folgenden Text vorzutragen: Also, Langer, wenn du mit einem Buch flach auf der Couch lägest, dächtest du dir: Wärs nicht schön, ich hätt ein Kissen, ein Kissen wär jetzt fein. Das liegt und liest sich nicht gut, so ohne Kissen. Und eine Leselampe wär auch nicht schlecht. Und genau das ist dir noch nie passiert. Noch nie bist du im Dunkeln flach auf einer Couch gelegen und musstest über Mangelwirtschaft nachdenken, weil warum. Jemand hat sich gedacht: Wärs nicht schön, man hätt ein Leselicht und ein Kissen, wenn man mit einem Buch auf dem Sofa liegt. Jemand ist in eine

Scheißpipifaxabteilung gefahren, hat vor den Leselampen und den Sofakissen hin und her erwogen, hat sich dann ohne Geschrei für welche entschieden, hat sie ins Wagerl gelegt und ist zur Kassa gefahren. Ist weiters dort angestanden, ohne der Frau vor sich das Wagerl mit voller Absicht in die Kniekehlen zu rammen oder die Kassiererin anzupflaumen, hat das bezahlt, hat das in den Kofferraum getan und heimgefahren, hat das aufs Sofa gelegt und überm Sofa montiert, und bald darauf musste sich ein Langer keinen einzigen Gedanken darüber machen, wie schön es wäre, wenn er zum Lesen ein Licht und Kissen hätte. Weil er hatte es. Dasselbe gilt für Vorratsgläser, Servietten, Schmortöpfe, Besteckkästen, Kindermatratzen, Lattenroste, Spannleintücher und Duschvorhänge: Es ist nicht schlecht, wenn sich jemand überlegt hat, dass es schön wäre, wenn sie da wären, wenn man sie braucht.

Stattdessen brülle ich: Mensch, Langer, du Depp, reiß dich ein bisschen zusammen, wir sind eh gleich durch! Und sei froh, dass du dich nur darum kümmern musst, dass du am Land auch sicher deinen feschen kleinen Übungsverstärker parat hast, was ja der zentrale fack Einrichtungsgegenstand für ein Familien-Wochenendhaus ist! Verdammt!

An der Kassa kann ich gerade noch das Wagerl abfangen, das der Lange der Frau vor uns in die Kniekehlen rammen will, übernehme die gesamte Kommunikation mit der Kassiererin und ordne das Gekaufte im Auto so an, dass ich schlussendlich doch noch mitfahren kann, was der Lange eigentlich nicht mehr vorgesehen hat. Du wolltest schließlich unbedingt die unnedigen Lattenroste für die Kinderbetten, jetzt schau, wie du heimkommst. Jaja, lass mich das machen, ich dich auch.

Wie Fink uns findet

Aber wie uns jetzt plötzlich der Fink erschienen ist, das war schon. Spooky war das. Aber es hat mich auch nicht so gewundert, weil mit dem Fink ist es so. Wenn ich dem Fink die Waldviertler Adresse gesagt hätte, hätte er sich die auf keinen Fall gemerkt. Oder er hätte die Adresse, wenn er sie notiert hätte, verschmissen. Zuverlässig hätte er sich, wenn er die Adresse doch noch gehabt hätte, auf dem Weg hierher verfahren, weil der Fink verfährt sich überall, auf der ganzen Welt haben wir uns mit dem Fink schon verfahren, in Sizilien, in Vietnam, im Bregenzerwald und zwischen Wien und Wiesen. Der Fink verfährt sich, ist wurscht wo. Und jetzt hatte der Fink irgendwo im Waldviertel einen Termin, hat sich auf dem Weg dorthin verfahren, und sieht plötzlich ein Ortsschild, einen Bach, eine Brücke und denkt sich: Hier, hier ist etwas. Der Fink fährt weiter, da steht unser Auto am Straßenrand und dann, wie er nach links in die Bäume hinein schaut, sieht er weit hinten den Langen mit verschränkten Armen unter einem Apfelbaum und hinter einem Schremser sitzen, und darüber sinnen, was er alles umhauen könnte, jetzt wo ihm der Breuß den Umgang mit der Motorsäge beigebracht hat. Der Lange blickt dem Fink geradewegs in die Augen und der Fink dem Langen. Der Fink bremst seinen Porsche ab, siebziger Jahre, kackbraun, aber schon schön, jault ihn an den Straßenrand, springt heraus, brüllt wie ein Stier und ist da. Und es wundert mich gar nicht besonders.

Später, nachdem er noch einmal weggefahren ist und seinen Termin gefunden und erledigt hat, sitzt der Fink auch hinter einem Schremser unter einem Baum. Der Horwath kommt mit dem Polz herüber, sie haben gerade ihren Bienen den Honig geraubt und geschleudert, und niemand wurde gestochen.

Die Breußes sind auch da. Zwei weitere Gäste vom Horwath schauen vorbei und setzen sich dazu; es ist kühl, aber die Sonne scheint und wir sitzen um den Tisch und trinken Wein und Bier und essen Speckbrote und die Kinder rennen herum und hängen verkehrt an den Bäumen. Die Horwathin kommt und sagt, der Horwath und der Polz sollen sofort kommen, weil, so wie sie es sieht, ist gerade das ganze Bienenvolk im Horwathschen Anwesen vorbeigekommen, um sich den Honig zurückzuholen. Aber es ist dann nicht ganz so schlimm, und der Horwath und der Polz sitzen bald wieder am Tisch und wir machen noch eine Flasche auf, und der Fink verwirft schlagartig seine schon sehr weit gediehenen Pläne, sich im Bregenzerwald eine Almhütte zuzulegen. Morgen kommt er und schaut sich ein Haus am Ortsrand an. Weil etwas hat ihn geradewegs hierher geschickt: Und der Fink kann zwar keine Landkarten lesen, aber einen göttlichen Wink erkennt der Fink, wenn er ihm so vor der Nase herumwedelt; SO nämlich.

Doris Knecht

Geboren in Rankweil, Vorarlberg, ist Kolumnistin des „Kurier“ und schreibt eine wöchentliche Kolumne für den „Falter“. Sie lebt in Wien und im Waldviertel.

www.knecht.com

Bisher im Czernin Verlag erschienen

Doris Knecht

Hurra.

Wien – Zürich – Wien
Anleitung zum Doppelleben
in 111 Schritten

Broschur
308 Seiten
Euro 15,90
ISBN: 978-3-7076-0186-2
www.czernin-verlag.com

Doris Knecht

So geht das!

Wie man fidel verspießert

Broschur
216 Seiten
Euro 15,90
ISBN: 978-3-7076-0203-6
www.czernin-verlag.com